유대인의
지혜 수업

유대인의
지혜 수업

초판 1쇄 발행 2021년 06월 01일

지은이 마빈 토카이어
옮긴이 윤호
그 림 이승주

펴낸이 김왕기
편집부 원선화, 김한솔
디자인 푸른영토 디자인실

펴낸곳 **푸른e미디어**
주소 경기도 고양시 일산동구 장항동 865 코오롱레이크폴리스1차 A동 908호
전화 (대표)031-925-2327, 070-7477-0386~9 · 팩스 | 031-925-2328
등록번호 제2005-24호(2005년 4월 15일)
홈페이지 www.blueterritory.com
전자우편 book@blueterritory.com

ISBN 979-11-88287-24-6 03800

푸른e미디어는 (주)푸른영토의 임프린트입니다.

유대인의 지혜수업

마빈 토카이어 지음

윤호 옮김

유대인의 지혜 수업을 시작하며

어떤 사람이 유대인을 연구하기 위해 구약 성서를 공부하고, 여러 가지 책을 구하여 읽어 보았다. 그는 유대인이 아니었기 때문에, 아무래도 유대인에 대해 잘 알 수가 없었다. 그러는 동안에 유대인의 규범이 되는 〈탈무드〉를 공부하지 않는 한 유대인을 이해할 수 없다는 것을 알게 되었다.

그래서 어느 날, 랍비의 문을 두드렸다. 랍비는 유대교의 승려라고 할 수 있으나 그보다는 유대인에게 있어 스승이며 때로는 재판관이며 때로는 어버이가 되기도 한다.

랍비는 "당신은 탈무드를 배우고 싶다고 말했지만, 아직 탈무드를 열어볼 자격이 없소"라고 말했다. 찾아온 사람은 "저의 자격 유무(有無)에 대한 확인도 없이 속단하실 수는 없잖습니까? 내가 그 능력이 있는지 없는지 시험이라도 해 주십시오!"라고 말했다.

랍비는 그렇다면 간단한 테스트를 하나 해보자며 다음의 문제를 냈다.

"두 사내아이가 여름 방학에 자기 집 굴뚝을 청소했다. 한 아이는 얼굴이 새까맣게 되어 굴뚝에서 내려왔고, 또 한 아이는 그을음을 전혀 묻히지 않은 채 내려왔다. 그대는 어느 쪽의 사내아이가 얼굴을 씻을 것이라고 생각하는가?"

"물론 얼굴이 더러운 사내아이가 씻을 것입니다."

"그러니 당신은 아직 탈무드를 열어 볼 자격이 없소."

사나이의 대답에 랍비가 차갑게 말했다.

"두 사내아이는 굴뚝을 청소하고 난 후 한 아이는 깨끗한 얼굴, 한 아이는 더러운 얼굴을 하고 내려왔소. 얼굴이 더러운 사내아이는 깨끗한 얼굴의 사내아이를 보고 자기 얼굴도 깨끗하다고 생각할 것입니다. 반대로 깨끗한 얼굴을 한 사내아이는 상대방의 더러운 얼굴을 보고 자신도 더럽다고 생각하겠지요."

그 사나이는 고개를 끄덕이며, "아, 알겠습니다"라고 외쳤다.

"다시 한번 테스트해 주십시오."

랍비는 다시 같은 질문을 했다.

"두 아이가 굴뚝 청소를 한 뒤, 한 아이는 깨끗한 얼굴, 한 아이는 더러운 얼굴로 내려왔다. 도대체 어느 쪽의 아이가 얼굴을 씻으리라 생각하는가?"

사나이는 이제 답을 알겠다는 듯이, "당연히 깨끗한 얼굴을 한 사내아이가 씻을 것입니다"라고 대답했다. 그러자 랍비는 다시 차갑게, "당신은 아직 탈무드를 공부할 자격이 없소"라고 말했다. 사나이는 매우 낙심하였다.

"그렇다면, 도대체 탈무드에서는 뭐라고 말하고 있습니까?"

"두 사내아이가 굴뚝을 청소했다면, 똑같이 청소하고 있었기 때문에, 한 사내아이의 얼굴만 깨끗할 수는 없는 일이오."

최근에 있었던 일이다. 어느 유명한 대학의 교수로부터 내게 전화가 걸려왔다. 탈무드를 연구하고 싶으니 하룻밤만이라도 탈무드를 빌려줄 수 없겠는가 하는 것이었다. 나는 즉시 그렇게 하라고 했다. 그러고는 정중하게 대답을 덧붙였다.

"좋습니다. 언제라도 빌려 드리겠습니다. 그 대신 오실 때 트럭을 가지고 와 주십시오."

탈무드는 전부 20권, 1만 2천 페이지에 이르며, 단어의 수는 2백5십만 개 이상, 중량 75킬로라는 방대한 것이기 때문이다.

탈무드는 무엇이며 어떻게 해서 만들어졌고 어떤 책이라는 것을 설명하려고 한다면, 이것은 지극히 어렵다. 너무 단순화시켜 생각하면 '탈무드가 무엇인가'라는 본질을 다칠 우려가 있고, 너무 자세하게 설명하면 끝이 없게 되어 버린다.

탈무드는 책이 아니다. 이것은 하나의 학문이다. 1만 2천 페이지는 기원전 5백 년에서 기원후 5백 년까지의 구전(口傳)을 10년간 2

천 명의 학자들이 편찬한 것이다. 과거의 유대 조상들의 생활을 지배했듯이 현대에도 유대인들의 지혜이며, 모든 지식의 저수지라고 말할 수 있다.

그러나 탈무드는 저명인사들이 만든 것은 아니다. 학자들의 손에 의해서 문화, 도덕, 종교, 전통 등이 전해져 종합된 것이다. 이것은 법전(法典)은 아니지만 법을 이야기하고 있고, 역사책이 아니면서 역사 이야기가 있고, 인명사전(人名事典)도 아니면서 많은 인물이 이야기되고 있다. 또한 백과사전이 아니면서 백과사전과 같은 구실을 하고 있는 것이다.

인생이란 무엇인가?
인간의 존엄이란 무엇인가?
행복이란 무엇인가?
사랑이란 무엇인가?

5천 년에 걸친 유대인의 지적(知的) 재산, 정신적 영양분이 여기에 담겨 있는 것이다. 참다운 의미에서의 탈무드는 탁월한 문헌이며, 장려한 문화의 모자이크이다. 서양 문명을 낳은 문화 양식, 서양 문명에 대한 사고방식을 이해하려고 한다면, 탈무드를 모르고서는 불가능한 일이다.

이 책의 원류(源流)는 구약성서이며, 고대 유대인의 사상이라고 하기보다는, 구약성서를 보충하고, 구약성서를 더욱 넓힌 것이라 할 수도 있다. 그런데 그리스도 교도들은 그리스도의 출현 이후의 유대의 문화는 모두 무시하려고 하여, 탈무드의 존재를 인정하기를 계속 거부해 왔다.

탈무드는 글로 쓰이기 전에 구전(口傳)으로 교사로부터 학생들에게 전해져 왔다. 그 때문에 대부분 질문과 답이라는 형식으로 취해졌다. 그 내용의 범위는 극히 넓으며, 모든 주제가 히브리어와 아랍어로 이야기되어 있다. 그래서 이것이 글로서 쓰일 때는 구두점 따위는 일절 없고, 머리말이나 맺음말도 없는 내용만 있는 것이다. 다만 당시 탈무드는 너무나도 양적으로 방대하고 여러 곳에 흩어져 있었다.

유대인들은 탈무드의 귀중한 부분이 상실되는 것을 막기 위해 전승자(傳承者)를 여러 지방에서 모았다. 그때 전승자들 가운데서 머리가 좋은 사람은 일부러 제외했다. 자신의 의견을 넣어서 전승이 잘못되는 것을 두려워했기 때문이었다. 이리하여 구전되어온 내용은, 몇백 년이란 세월 동안 많은 도시에서 편찬이 진행되었다.

오늘날에 와서는 바빌로니아의 탈무드와 팔레스타인의 탈무드 두 가지가 존재하고 있는데 바빌로니아의 탈무드 쪽이 중요시되어, 훨씬 더 권위가 있다고 생각되고 있다. 그래서 탈무드라고 하면, 일반적으로 바빌로니아의 탈무드를 가리키고 있다.

여러 나라에서 탈무드를 공부하고, 읽은 뒤에는 새로운 설명을 덧붙인다. 탈무드의 새로운 판에서는 반드시 최후의 페이지는 백지로 남겨지게 되었다. 이것은 탈무드가 항상 덧붙여 쓸 여지가 남아 있다는 것을 상징하고 있다.

탈무드는 읽는 것이 아니라 배우는 것이다. 내 작은 딸이 아침 일찍 일어나서 탈무드를 공부하고 있는 것을 보았다가 다시 세 시간 후에 돌아와서 방 안을 들여다보아도 역시 겨우 15개의 단어밖에 진도를 나가지 못한 것을 자주 보게 된다. 그러나 이 15개의 단어를 자신이 이해하고, 그 의미를 진정으로 파악할 수 있다는 것은, 이제까지의 내 인생 경험을 아주 풍요하게 했으며 사물에 대한 사고법을 확립시킨 결과로서 어느 정도 자신을 만족스러운 기분으로 충만 시켜준다는 사실이다. 그러므로 사고능력, 혹은 정신력을 단련하기 위해서는 이만큼 훌륭한 책은 없다고 생각한다. 따라서 탈무드는 유대인의 영혼이라 할 수 있다.

오랜 이산(離散)의 역사를 걸어온 유대 민족에게 있어서 오직 탈무드만이 유대인을 연결해 왔다. 오늘날에 와서 모든 유대인들이 탈무드의 연구가라고는 할 수 없다. 그러나 그들은 정신적인 영양분을 모두 탈무드에서 얻고 있으며, 거기에서 생활의 규범을 구하고 있는 것만은 사실이다. 그것은 유대인의 일부가 되어 있으며 유대인이 탈무드를 지켜왔다기보다는 탈무드가 더 유대 민족을 지켜주었다고 말할 수 있다.

본래 탈무드라는 것은 위대한 연구, 위대한 학문, 위대한 고전 연구라는 의미를 지니고 있다. 탈무드는 원래 어느 권(卷)을 펴 보아도 반드시 제2페이지에서부터 시작되고 있다. 그것은 탈무드를 읽지 않아도, 당신은 이미 탈무드의 연구가라는 것을 의미하고 있기 때문이다. 첫 페이지에는 당신의 경험을 쓰지 않으면 안 되는 것이다. 이것은 출판 상식을 벗어난 것이지만 탈무드는 원래 첫 페이지와 마지막 페이지는 백지로 남겨 두는 것이 원칙이다.

유대인은 탈무드를 '바다'라고도 부른다. 바다는 거대하고 모든 것이 있으면서도 그 물밑에는 무엇이 있는지 확실히 모르기 때문이다. 그러나 탈무드가 너무나도 방대하다고 해서 실망할 필요는 없다.

탈무드에 다음과 같은 이야기가 있다.

두 사나이가 긴 여행을 하는 도중 배가 몹시 고팠다. 그런데 어떤 집의 방을 들어가 보니, 과일이 바구니에 가득 담겨 천장에 매달려 있었다. 한 사나이는, "과일은 먹고 싶지만, 저렇게 높은 데 있어서 손이 닿지 않으니 먹을 수 없군!" 하고 말했다. 그러나 다른 사람은, "아주 맛있게 보이니, 나는 꼭 저것을 먹어야겠다. 저것이 높은 데에 매달려 있다는 것은 누군가가 전에 거기에 매달았다는 것이다. 우리라고 거기에 오르지 못할 리는 없지 않은가!"라고 생각하여, 사다리를 찾아서 한 걸음 한 걸음 그것을 밟고 올라가서 과일을 손에 넣었다.

탈무드가 아무리 위대한 것이라 해도 우리와 똑같은 인간이 만든 것이므로 똑같은 인간인 우리가 그것을 자기 것으로 만들지 못할 리는 없다. 다만 한 걸음 한 걸음 사다리를 밟아 올라가듯이 공부하지 않으면 안 된다는 것뿐이다. 그래서 여러분을 격려하기 위해서 나는 이렇게 말하고 싶다.

당신이 알고 있는 세계의 수백 명의 위인(偉人)만 한방에 모아서, 녹음기를 어딘가에 장치해 둔다. 그래서 이 위대한 인물들이, 수백 시간에 걸쳐서 계속 이야기한 내용을 녹음했다고 한다면, 그것은 매우 귀중한 것이 될 것이다. 탈무드는 그것에 충분히 필적할 만한 매력을 가지고 있다. 그 한 페이지를 여는 것만으로도 위대한 사람들이 1천 년간이나 계속 이야기해 온 것을 당신은 틀림없이 귀로 들을 수 있을 것이다.

차례

제2장
생활의 즐거움을 일깨우는 유대인의 해학

제3장
삶의 현명함을 일깨우는 유대인의 지혜

제4장

인생을 행복하게 하는 유대인의 사랑

제1장

삶의 지혜를 일깨우는 유대인의 우화

혓바닥을 쓰지 않는다

동물 나라에 모여 있는 동물들이 뱀에게 물었다.

"사자는 먹이를 쓰러뜨려서 먹고 늑대는 먹이를 찢어 먹는데 너는 먹이를 통째로 삼킨다. 그러는 이유가 무엇이니?"

그러자 뱀은 대답했다.

"나는 상대를 잡아먹지만, 결코 상처를 입히는 일 없이 삼키지. 남을 중상하는 자보다는 낫다고 자부할 수 있어. 혀로 상대를 상처 입히지 않으니."

포도밭에 갇힌 여우

어느 날, 여우 한 마리가 포도밭 주위를 서성거리며 어떻게든 그 속에 들어가려고 애를 쓰고 있었다. 그러나 울타리가 있어 좀처럼 들어갈 수가 없었다. 여우는 궁리 끝에 사흘 동안 단식을 해 몸을 홀쭉하게 만들어서야 간신히 울타리 틈을 빠져 들어가는 데 성공했다.

포도원에 들어간 여우는 포도를 실컷 먹고 나서 포도밭을 빠져나가려고 했지만, 너무 배가 불러 울타리 틈으로 빠져나갈 수가 없었다.

여우는 할 수 없이 다시 단식을 시작하였다. 3일 뒤, 몸이 가늘어진 여우는 간신히 빠져나갈 수가 있었다.

이때 여우가 말하기를, "결국 뱃속은 들어갈 때나 나갈 때나 마찬가지구나!"

인생도 그와 마찬가지이다. 벌거숭이로 태어나서, 죽을 때도 역시 벌거숭이로 가지 않으면 안 된다. 사람은 죽어서 가족과 부귀와 선행의 세 가지를 이 세상에 남긴다. 그러나 선행보다 중요한 것은 없다.

미래에 보답하는 나무 열매

어떤 노인이 뜰에다 묘목을 심고 있었다. 마침 그곳을 지나가던 나그네가 노인을 보고 물었다.

"노인께서는 언제쯤 그 나무에서 열매가 수확되리라고 생각하십니까?"

노인이 대답했다.

"70년 정도 지나면 열매가 맺겠지요."

"노인께서는 그렇게 오래 사실 수 있을까요?"

나그네의 물음에 노인이 대답했다.

"아니오! 그렇지 않습니다, 내가 태어났을 때 과수원에는 풍부하게 열매가 맺어 있었습니다. 그것은 내가 태어나기 전에 할아버지가 나를 위하여 묘목을 심어 주었기 때문입니다. 다만 나도 그때와 똑같은 일을 하고 있을 뿐입니다."

초대받지 않은 사람

어떤 랍비가 말했다.

"내일 아침에 여섯 명이 모여 어떤 문제를 의논하기로 했습니다."

이튿날 아침이 되자 일곱 명의 사람이 모였다. 한 사람은 불청객이었다. 랍비는 그 불청객이 누구인지 알 수가 없었다. 그래서 "여기에 올 필요가 없는 사람이 있으니, 그 불청객은 돌아가시지요!" 하고 말했다.

그러자 그중에 있던 한 사람이 자리에서 일어났다. 모인 사람들 중 가장 유명한 인물로, 누가 봐도 당연히 초청될 만한 사람이었다. 그가 나가면서 말했다.

"만약 부름을 받지 않았거나, 어떤 잘못으로 인해 나온 사람이 굴욕감을 느끼지 않도록 내가 나가는 것이오."

영원한 생명

랍비가 시장을 찾아왔다.

"이 시장에는 영원한 생명을 약속받기에 알맞은 사람이 있습니다."

랍비의 말에 사람들은 주위를 둘러봤지만 그런 사람은 없는 듯 보였다. 그때 두 사람이 랍비가 있는 곳으로 왔다.

그러자 랍비가 말했다.

"이 두 사람이야말로 훌륭한 선인(善人)입니다. 영원한 생명이 이분들에게 주어져도 좋을 것입니다."

"당신의 직업이 도대체 무엇입니까?"

사람들이 두 사람에게 묻자, 그들이 대답했다.

"우리는 익살 광대입니다. 쓸쓸한 사람에게는 웃음을 주고 다투고 있는 사람들에게는 평화를 준답니다."

잃어버린 물건

어떤 랍비가 로마에 갔을 때, 거리에 포고(布告)가 내려왔다. 포고문에는, "왕비가 아주 비싼 장식물을 분실했다. 30일 이내에 그것을 발견한 자에게는 막대한 상을 주겠으나, 만약 30일 이후에 그것을 가진 자가 발견되면 사형에 처한다"라고 쓰여 있었다.

이윽고 랍비는 장식물을 우연히 발견하였다. 그리고 30일이 지나고 난 다음 날에 장식물을 가지고 왕궁에 가서 왕비 앞에 내놓았다. 왕비가 물었다.

"자네는 30일 전에 포고가 내렸을 때 여기에 있었는가?"

"예!"

"30일이 지나서 이것을 가지고 오면 당신은 어떤 벌을 받게 되는지 아는가?"

그는 역시 "예!"라고 대답했다. 왕비는 "그렇다면 왜 30일이 지나도록 이것을 가지고 있었는가? 만약 어제 이것을 되돌려 주었다면, 아주 큰 상을 받았을 텐데, 목숨이 아깝지 않단 말인가?" 하고 물었다.

"30일 이내에 누군가가 이것을 되돌려 주었다면 사람들은 왕비님을 두려워하든가, 왕비님에 대해서 경의를 표하기 위해 되돌렸다고 생각했을 것입니다. 그러나 제가 기한이 지날 때까지 기다려서 되돌려 주려고 온 것은, 저는 결코 왕비님을 두려워하고 있지 않으며, 제가 두려워하고 있는 것은 오직 하느님뿐이라는 것을 사람들에게 가르쳐 주고 싶었기 때문입니다."

그 말을 들은 왕비는, "그와 같은 훌륭한 하느님을 가진 자네에게 깊은 경의를 표하겠소"라고 말했다.

등잔 밑이 어두운 법

어느 재판관이 시장을 지나가던 길이었다. 그는 그곳에서 도둑들이 훔친 많은 장물이 거래되고 있는 것을 알게 되었다. 그는 재판소에서 사람들에게 알려주기 위해 한 가지 시위 행위를 계획했다.

그는 족제비 한 마리를 꺼내 족제비에게 작은 고기 하나를 주었다. 족제비는 그것을 입에 물고, 이내 작은 구멍에 숨기러 갔다. 줄곧 보고 있던 시민들은 족제비가 어디에 고기를 숨겼는지 알 수 있었다.

그런 뒤 재판관은 그 구멍을 메워 버렸다. 그러고는 다시 족제비에게 더 많은 양의 고깃덩이를 주었다. 그러자 족제비는 고기를 숨긴 장소로 달려갔으나, 그러나 구멍이 막혀 있는 것을 깨닫고 그 고기를 문 채 다시 재판관 앞으로 돌아왔

다. 족제비는 자기가 가진 고기가 처치 곤란했던지, 고기를 준 사람 앞으로 다시 돌아온 것이다.

이 광경을 본 시민들은 정색하며 시장에 있는 물건들을 조사해 보았다. 이내 자기가 도둑맞은 물건들이 시장 안에서 팔리고 있는 것을 발견했다.

도시를 지키는 사람

어느 훌륭한 랍비가 북쪽 나라로 시찰관(視察官) 두 명을 보냈다. 시찰관은 북쪽 도시를 지키고 있는 사람과 만나서 잠깐 조사하고 싶다고 전하자, 도시의 방위를 책임지고 있는 가장 높은 장군이 나왔다.

그러자 시찰관이 말하기를, "아닙니다. 우리는 도시를 지키는 사람과 만나고 싶을 뿐입니다"라고 말하자, 다음에는 도시의 경찰대장이 찾아왔다.

두 사람이 말했다.

"우리가 만나고 싶은 것은 경찰서장이나 장군이 아니라 학교의 교사입니다. 경관이나 병정은 파괴만 할 뿐, 진정 도시를 지키는 것은 교사들입니다."

가질 수 없는 향료

안식일이었던 어느 토요일 오후, 로마 황제가 절친한 랍비의 집을 갑작스레 방문했다. 그는 여기서 매우 즐거운 시간을 보냈다.

식사는 맛이 좋았고, 식탁 둘레에는 사람들이 목소리를 맞추어 노래를 부르며 탈무드에 나오는 이야기를 하고 있었다. 황제는 대단히 기뻐하며 다음 수요일에 다시 랍비의 집을 방문하고 싶다고 말했다.

수요일이 되어 다시 황제가 찾아오자 제일 좋은 식기가 놓였고, 안식일이라 쉬었던 하인들도 줄을 서서 황제를 대접했다. 요리사도 없이 차가운 음식밖에 내놓지 못했던 지난번과는 달리 뜨거운 요리도 많이 나왔다.

좋은 대접에도 불구하고 황제는, "식사는 역시 지난 토요일에 맛이 더 있었소. 토요일에 사용한 향료는 도대체 무엇이었는가?"라고 물었다.

랍비가 "로마의 황제로서는 그 향료를 손에 넣을 수 없습니다"라고 하자 황제는, "로마 황제는 어떤 향료라도 손에 넣을 수가 있소!"라고 단호하게 말했다.

랍비가 재차 이야기했다.

"유대의 안식(安息)이라는 향료, 이것만은 로마 황제인 폐하가 아무리 노력해도 손에 넣을 수가 없습니다."

나의 어머니는 한 명뿐

시너고그의 어린 승려는 죽은 사람의 기일(忌日)을 기록해 두었다가, 기일이 가까워지면 근친에게 알려서 팁을 받는 과외 수입이 많았다.

한 번은 어느 벼락부자에게 부친의 기일을 알려 주었더니 뜻밖에도 많은 팁을 주었다. 그 부자는 돈벌이를 하느라 바쁠 뿐만 아니라, 배운 것도 없어서 얼마 후에 다시 한번 부친의 가짜 기일을 가르쳐 주더라도 많은 팁을 줄 것이라고 생각했다.

어린 승려는 몇 달 후에 벼락부자를 찾아가 부친의 기일이라고 알려 주자 전과 마찬가지로 많은 팁을 주었다. 욕심이 생긴 어린 승려는 그의 어머니의 기일도 두 번 알려주고 돈을 받으려고 했다.

어머니의 두 번째 알림을 받은 벼락부자는 버럭 화를 내며 말했다.

"이 사기꾼아, 나의 아버지는 몇 명 있을 수 있어도 어머니는 한 명밖에 있을 수 없는 법이다!"

장님의 밝힌 등불

어떤 사나이가 캄캄한 곳을 걷고 있었다. 바로 그때 반대편에선 한 장님이 등불을 들고 걸어오고 있었다. 그 모습을 본 사나이가 장님에게 물었다.

"당신은 장님인데, 왜 등불을 들고 다니시오?"

장님이 대답했다.

"내가 등불을 들고 다니면 내가 걸어가고 있다는 것을 눈 뜬 사람들이 알 수 있기 때문입니다."

솔로몬의 재판

어느 안식일에 세 명의 유대인이 현인(賢人)으로 알려진 솔로몬 왕을 찾아갔다. 이유는 당시에는 은행이 없었기 때문에 세 사람은 가지고 있던 돈을 함께 파묻었다. 그런데 세 사람 중의 한 사람이 은밀히 그 장소에 돌아가서 돈을 몽땅 가져가 버렸다는 것이다.

이튿날 세 사람은 솔로몬 왕에게 세 사람 중 누가 돈을 훔쳤는가를 밝혀 달라고 요청했다. 그러자 솔로몬 왕은, "자네들은 대단히 현명한 사람들 같으니 내가 지금 재판하기에 곤란에 빠진 문제를 먼저 거들어 주시게. 그러면 당신들의 문제는 내가 해결해 줄 테니"라고 말했다. 그러고는 이야기를 시작했다.

한 젊은 아가씨가 어떤 남자에게 시집을 가기로 약속했

다. 그러나 얼마 지나서 아가씨는 다른 남자와 사랑에 빠져 처음에 약혼했던 상대와는 헤어지자고 요청했다. 그녀는 위자료를 내도 좋다고 말했다. 그러자 첫 번째 남자는 위자료는 필요 없다며 그녀와의 약혼을 취소해 주었다.

그녀는 많은 돈을 갖게 되었고, 그 때문에 어떤 노인에게 유괴되었다. 그녀는, "나는 결을 약속했던 남자에게 약혼의 취소를 요구했었는데 그 남자는 위자료도 받지 않고 놓아주었습니다. 당신도 똑같은 일을 내게 베풀 수는 없습니까?"라고 호소했다. 노인은 돈을 받지 않고 그녀를 자유롭게 해 주었다.

이야기가 끝나고 솔로몬 왕이 세 사람에게 물었다.

"이 가운데서 누가 제일 칭찬을 받을 만한 행동을 한 사람이겠는가? 말해 보라."

첫 번째 사나이는, "제일 처음 그녀와 약혼은 했지만, 약혼을 취소하고 위자료도 받지 않았던 사나이가 칭찬받아야 합니다. 그녀의 의사를 무시해서까지 결혼하려고 하지 않았으며 돈도 받지 않았습니다"라고 말했다.

두 번째 사나이는, "아닙니다. 아가씨야말로 칭찬받아야 합니다. 그녀는 용기를 갖고 처음의 남자에게 약혼의 취소를 청하고 진정으로 사랑하고 있는 사나이와 결혼했습니다. 이것이야말로 칭찬받아야 합니다"라고 대답했다.

마지막 사나이는, "이 이야기는 뒤죽박죽이어서 알 수가 없습니다. 무엇보다도 돈 때문에 유괴한 사람이 돈도 빼앗지 않고 자유롭게 해주다니, 전혀 말이 되지 않습니다"라고 말했다.

솔로몬 왕은 마지막 사나이를 향해 큰 소리로 외쳤다.

"네가 돈을 훔친 범인이다! 다른 두 사람은 애정이나 아가씨와 약혼자 사이에 존재하고 있던 인간관계의 긴장된 분위기를 곧바로 알아차렸는데, 너는 돈 밖에 생각하고 있지 않았다. 네가 틀림없이 범인이다!"

말 값보다 비싼 닭 값

양케프라는 사나이가 말을 타고 집으로 돌아오다가 갑자기 폭풍을 만났다.

말은 겁을 내어 한 발짝도 움직이려 하지 않자 난처해진 그가 하나님께 기도했다.

"오, 하나님! 제발 폭풍을 멎게 해주십시오. 제 소원을 들어주신다면 이 말을 팔아서 그 돈을 하나님을 위해 쓰겠습니다."

그의 말이 하나님께 전달되었는지 폭풍이 멎었다.

양케프는 하나님과 한 약속을 지켜야 했다. 그가 말을 몰고 시장에 다시 나타났을 때, 왼쪽 손에는 닭을 한 마리 들고 있었다.

그것을 본 한 농부가 다가와 물었다.

"이보시오, 그 닭을 팔지 않겠소?"

"이 말과 함께 사는 사람에게만 팔 것이오."

"그럼 합해서 얼마에 팔겠소?"

"닭은 50루블이고 말은 1루블이오."

거래를 그만둬!

바다 한가운데서 두 사람이 구명보트를 타고 표류하고 있었다. 사방을 둘러보아도 배나 섬은 그림자조차 보이지 않았다.

한 사람이 기도하기 시작했다.

"오, 하나님! 집에 무사히 돌아갈 수만 있다면 제 재산의 반을 자선 사업에 기증하겠습니다."

그러나 아무리 노를 저어 나가도 구원의 손길은 나타나지 않았다. 그러는 사이에 밤이 되었다.

"오, 하나님."

사나이가 다시 기도하기 시작했다.

"만일 저를 구원해 주신다면 재산의 3분의 2를 내놓겠습니다."

아침이 되어도 달라진 것이 없었다. 절망에 빠진 사나이는 다시 기도하기 시작했다.

"오, 하나님, 제발 부탁드립니다. 제가 무사히 살아날 수만 있다면 저의……."

"이봐, 기다려!"

그때 다른 사나이가 소리쳤다. 그가 바로 말했다.

"거래를 그만둬. 섬이 보이니까."

제 꽤에 넘어간 반값 흥정

어느 가난한 유대인 마을에, 그 마을 출신으로 크게 성공한 석탄 상인에게 여섯 마차 분의 석탄을 기증해 달라는 부탁을 했다. 그런데 그 석탄 상인은 한 가지 꾀를 내어 생색도 내고 손해도 적게 보는 묘안을 생각해 냈다.

"저도 장사꾼이다 보니, 물건을 거저 줄 수는 없습니다. 그렇지만 고향에서 모처럼 부탁하는 일이니 값을 반으로 깎아 드리겠습니다."

마을의 이장은 우선 마차 3대분의 석탄을 주문했다. 그런데 몇 달이 지나도 마을에서 석탄값을 내지 않을 뿐만 아니라, 추가 주문도 오지 않았다. 석탄 상인은 마을로 독촉장을 보냈다. 얼마 후, 마을 이장으로부터 회신이 왔다.

"귀하의 독촉은 납득하기 어렵습니다. 우리 마을은 귀하로부터는 6대분의 석탄을 반값으로 납입하시겠다는 약속을 받은 바 있으며, 그것은 3대분의 석탄은 무상으로 공급하겠다는 것으로 해석됩니다. 3대분은 이미 납품을 하셨으므로 나머지 3대분은 청구하지 않기로 했습니다."

신과의 대화

"랍비님은, 하나님과 매일 저녁 대화를 나누는 훌륭한 분이야. 잘못 깔보았다간 벌을 받을 거야."

"랍비님이 하나님과 대화를 나눈다는 걸 자네가 어떻게 알아?"

"랍비님이 그렇게 말씀하셨으니까 알지."

"그렇다면, 랍비가 거짓말을 했군."

"천벌받을 소리는 함부로 하는 게 아니라네. 하나님이 거짓말하는 사람과 말씀을 나누실 리가 있겠는가?"

사신(死神)의 수법

어떤 사나이가 랍비를 찾아왔다.

"랍비님, 큰일 났습니다. 제 아내가 죽을 것 같습니다."

랍비는 잠시 기도를 한 후, "걱정하지 않아도 됩니다. 사신으로부터 칼을 빼앗았으니 이젠 안심해도 좋습니다"라며 그를 위로했다. 사나이는 매우 기뻐하면서 몇 번이나 감사하다는 말을 하고 집으로 돌아갔다. 그런데 얼마 후 그 사나이가 다시 랍비를 찾아와서 말했다.

"제 아내는 죽었습니다. 랍비님에게 열심히 기도를 부탁드렸는데도 효과가 없었나 봅니다."

그러자 랍비는 흥분한 어조로 말하는 것이었다.

"못된 사신 녀석 같으니라고! 칼을 빼앗았더니 맨손으로 목을 졸랐군."

요술 사과

외동딸을 둔 어느 왕이 있었다. 왕의 딸은 무서운 중병에 걸려 죽을 지경이 처해 있었다. 묘약(妙藥) 없이는 살아날 가망이 없다는 궁중 의사의 말에 왕은 자기 딸의 병을 고치는 사람에게 딸과 혼인을 시켜 주고 다음 왕으로 삼겠다고 포고를 내렸다.

한편, 아주 먼 지방에 세 사람의 형제가 살고 있었다. 형제 중 한 사람은 아무리 먼 곳이라도 갈 수 있는 마법의 융단을 갖고 있었다. 또 한 사람은 요술의 사과를 갖고 있었다. 요술 사과는 먹으면 무슨 병이라도 낫게 되는 신묘한 사과였다. 형제 중 한 사람이 마술 망원경으로 그 포고문을 보았다. 그리고 그녀를 동정하여, 어떻게 해서든 공주의 병을 낫게 해 주자고 형제들과 의논했다.

세 사람은 마술의 융단을 타고 왕궁으로 찾아가 공주에게 요술 사과를 먹이자 공주의 병은 깨끗이 나았다. 모두 기뻐하였고, 왕은 큰 잔치를 베풀었다. 그러나 이젠 난처한 일이 남고 말았다. 형제 중에서 새로운 왕자를 뽑아야 하는 일이다.

첫째는, "내 마술 망원경이 없었더라면 우리는 공주가 아픈 사실도 몰랐을 겁니다!" 하고 주장했고, 두 번째는, "내 마술의 융단이 없었더라면 이렇게 먼 곳까지 도저히 올 수가 없었을 것입니다" 하고 말하였고, 세 번째는, "만약 요술의 사과가 없었더라면 병은 낫지 않았을 것입니다!"라고 말했다.

당신이 왕이라면 이 세 사람 중 누구에게 공주를 시집보낼 것인가?

답은 요술 사과를 가진 막내이다. 융단을 갖고 있던 사나이는 아직 융단을 가지고 있으며, 망원경을 갖고 있던 사나이도 아직 망원경을 갖고 있지만, 사과를 갖고 있던 막내는 사과를 공주에게 주었기 때문에 아무것도 갖고 있지 않다. 그는 그가 가진 모든 것을 공주를 위해 주었다.

탈무드에 의하면, 무엇인가를 해 줄 때는 자기의 모든 것을 주는 것이 가장 귀중하다고 한다.

그릇의 용도

얼굴은 몹시 추하지만 매우 총명한 랍비가 로마 황제의 왕녀(王女)와 만났다.

랍비를 본 왕녀는 "뛰어난 총명이 이런 못생긴 그릇 속에 들어 있군" 하고 말했다. 랍비는 "왕궁 안에 술이 있습니까?"라고 물었다.

왕녀가 고개를 끄덕이자, "무슨 그릇에 들어 있습니까?"라고 거듭 물었다. 왕녀가 "보통의 항아리든가, 물 주전자 같은 그릇에 들어 있죠!"라고 대답하자 랍비는 놀란 체하며, "로마의 왕녀님같이 훌륭하신 분이 금이나 은그릇도 많이 있을 텐데 왜 그런 보잘것없는 항아리를 쓰고 계십니까?"라고 말했다.

이 말을 들은 왕녀는 지금까지 금이나 은그릇에 들어 있던

물은 보잘것없는 항아리에 옮기고 싸구려 항아리에 들어 있던 술을 금이나 은그릇에 넣었다.

그러자 술맛이 변해 먹을 수 없게 되자 왕이 화를 내며, "누가 이런 그릇에 술을 넣었느냐?"라고 하자 왕녀는, "그곳에 넣는 것이 더 어울릴 것 같아서 제가 그랬습니다"라고 말했다.

그러고는 랍비가 있는 곳으로 가서 왕녀는, "랍비여! 어째서 당신은 나에게 이런 일을 권했는가?"라며 화를 냈다.

랍비는 "나는 단지 당신에게 대단히 귀중한 것이라 할지라도 싸구려 항아리에 넣어 두는 쪽이 좋을 경우가 있다고 가르치고 싶었을 뿐입니다"라고 말했다.

인생의 비결

한 장사꾼이 거리를 거닐고 있었다.

장사꾼은 "인생의 비결(秘訣)을 살 사람 없습니까?" 하고 큰소리로 외치고 다녔다.

순식간에 온 동네 사람들이 인생의 비결을 사려고 모여들었고 그중에는 랍비도 몇 사람 있었다. 모두 모여들어 서로 "어서 그 인생의 비결을 삽시다" 하고 재촉하자 장사꾼이 말했다.

"인생을 참되게 사는 비결이란 자기 혀를 함부로 사용하지 않는 것이오."

딱딱한 혀

어느 랍비가 자기의 학생들을 위해 만찬회를 베풀었다. 식탁에는 소의 혀와 양의 혀 요리가 나왔는데, 그중에는 딱딱한 혀와 부드러운 혀가 있었다. 학생들은 앞다투어 부드러운 혀를 먹으려고 했다.

그때 랍비가 학생들에게 말했다.

"여러분들도 자기의 혀를 언제나 부드럽게 해 두시기 바랍니다. 딱딱한 혀를 가진 사람은 언제나 남을 노하게 하거나 불화를 불러옵니다."

혀의 가치

어느 랍비가 하인에게 시장에 가서 무언가 맛있는 것을 사 오라고 시켰다. 그러자 하인은 혀를 사 왔다.

이튿날 랍비는 같은 하인에게 오늘은 싼 음식을 사 오도록 했다. 그러자 그 하인은 이번에도 또 혀를 사 왔다.

랍비는, "내가 너에게 맛있는 것을 사 오라고 하자 혀를 사 왔고, 오늘은 비싼 것이 아니라도 좋으니 싼 음식을 사 오라고 시켰는데 또 혀를 사 왔다. 어찌 된 일인가?"라고 말했다. 하인이 대답했다.

"혀가 좋은 것일 때는 그보다 더 좋은 것이 없고, 또 나쁜 것일 때는 그 이상 나쁜 것이 없기 때문입니다."

하느님이 맡긴 보석

메이어라고 하는 랍비가 있었다. 그가 안식일에 예배당에서 설교를 하고 있던 그때, 그의 두 아이가 집에서 죽고 말았다. 랍비의 아내는 두 아이의 시신을 2층으로 옮기고 흰 천으로 덮어 주었다.

랍비가 집으로 돌아오자 아내가 말했다.

"당신에게 묻고 싶은 일이 있습니다. 어떤 사람이 제게 잘 보관해 달라며, 아주 비싼 보석을 맡기고 갔습니다. 그런데 그 주인이 갑자기 맡긴 보석을 돌려 달라고 찾아왔습니다. 그럴 때 저는 어찌하면 좋을까요?"

랍비가 대답했다.

"그야 물론 주인에게 당장 돌려주어야겠지요."

그러자 아내가 말했다.

“실은 막 하느님이 두 개의 귀중한 보석을 가지고 하늘로 돌아가셨습니다.”

랍비는 아내의 말뜻을 알아듣고는 아무 말도 하지 않았다.

지혜로운 유서

예루살렘에서 멀리 떨어진 곳에 살고 있던 한 유대인이 있었다.

그는 아들을 공부시키기 위해 예루살렘에 있는 학교에 입학시켰다. 아들이 학교에서 공부하고 있을 때, 아버지가 그만 병이 들고 말았다. 그는 아무래도 아들을 만나보지 못하고 죽을 것 같아 아들에게 유서를 남기기로 했다.

그는 전 재산을 노예에게 물려주기로 하되, 그중에서 아들이 바라는 것 한 가지만 아들에게 주도록 하라는 내용의 유서였다.

아버지가 마침내 유명을 달리하자 노예는 자신에게 찾아온 행운을 기뻐하며 예루살렘으로 날아갈 듯이 뛰어갔다. 노예는 아들에게 부친이 죽었다는 것을 알리며 유서를 보여 주었다.

아들은 매우 놀라며 슬퍼했다. 부친의 장례식을 치른 뒤 아들은 어떻게 하면 좋을지 곰곰이 생각했다. 그는 랍비의 집으로 가서 상황을 설명했다.

"왜 아버지는 나에게 재산을 남기지 않았을까요? 나는 아버지를 화나게 하는 일은 한 번도 하지 않았는데요."

아들이 불평을 토하자 랍비가 말했다.

"천만에, 당신의 아버님은 매우 현명하고 또 당신을 진심으로 사랑하고 계셨소. 이 유서를 보면 그것을 잘 알 수 있지 않소."

아들은 "노예에겐 전 재산을 주고 아들에게는 아무것도 남기지 않으셨다니……. 애정의 흔적도 없고 어리석은 일이라고밖에 생각되지 않습니다"라며 불만스럽다는 듯이 말했다.

랍비는, "당신도 아버님과 똑같이 현명하게 자기의 머리를 쓰시오. 아버님이 무엇을 바라고 그러셨는가를 잘 생각해 보면, 당신에게 무척 훌륭한 유산을 물려주셨다는 것을 알 수 있을 것이오"라고 했다.

여기서 당신이라면 이 유서에서 무엇을 얻을 것인가?

랍비는 아들에게 다음과 같이 이야기했다.

"부친은 자기가 죽었을 때 아들이 자리에 없었기 때문에 노예가 재산을 갖고 도망치거나 재산을 탕진해 버리거나, 자기가 죽은 일조차 아들에게 전하지 않을지도 모른다고 생각해서 전 재산을 노예에게 주었던 것이오. 재산을 전부 주면 노예는 기뻐서 서둘러 먼 곳의 예루살렘까지 아들을 만나러 갈 것이며, 재산을 소중하게 간수해 둘 것이라고 생각했던 것이오."

"그것이 내게 무슨 소용이 있습니까?"

아들의 불평에 랍비가 말했다.

"젊은이는 역시 지혜가 모자라는군. 노예의 재산은 전부 주인에게 속하고 있다는 것을 모르는가? 당신의 아버님은 자기가 가진 한 가지만 당신에게 주겠다고 말하지 않았소? 그렇다면 당신은 노예를 택하면 될 것이 아니오? 이 얼마나 애정이 깊고 현명한 생각인가!"

젊은이는 겨우 부친의 참뜻을 깨닫고 랍비가 말하는 대로 했다. 그리고 노예를 해방했다. 그 후 젊은이는 입버릇처럼 "나이 많은 사람의 지혜는 따르지 못한다"라고 말하곤 했다.

인간의 법률

법률이라는 것은 약(藥)과 같다.

어떤 나라의 왕이 상처를 입은 자기 아들에게 붕대를 감아 주며 이야기했다.

"아들아, 이 붕대를 감고 있을 동안만은 식사를 하거나 달리거나 물에 들어갈지라도 아프지 않을 것이다. 그러나 이 붕대를 풀어 버리면 상처는 심해진단다."

인간도 이와 똑같다. 인간의 마음속에는 나쁜 것을 바라는 성질이 있다. 그러나 법률을 마음속에서 버리지 않는 이상 절대로 인간의 성질은 나빠지지 않는다.

절망의 끝은 희망

어느 랍비가 여행을 하고 있었다. 그에게는 당나귀와 개 한 마리 그리고 작은 램프가 있었다.

해가 저물어 어두운 밤이 되자, 랍비는 헛간을 찾아내 그곳에서 잠을 청하기로 했다. 랍비는 바로 잠을 자는 대신 램프에 불을 켜서 책을 읽기 시작했다. 그런데 갑자기 바람이 불어와 램프의 불을 꺼뜨렸고, 그는 할 수 없이 잠을 자기로 했다.

그런데 그가 잠든 사이 여우가 나타나 개를 물어 죽여 버렸고, 사자가 나타나 당나귀를 물어 갔다. 아침이 되자, 그는 램프만 손에 든 채로 쓸쓸히 길을 떠났다.

근처 마을에 가까이 오자, 사람들의 그림자는 하나도 보이지 않았다. 두리번거리던 그는 지난밤 도적 떼들이 들이닥쳐

마을을 파괴하고 사람들을 몰살시켰다는 것을 알게 되었다.

만약 지난밤 램프가 바람으로 꺼지지 않았더라면 어떻게 되었을까? 만약 개가 살아 있었더라면, 개가 짖어 대거나 당나귀가 소란을 피워서 도적에게 발견되었을지도 모른다. 모든 것을 잃어버린 덕택에 그는 살 수 있었다.

모든 것을 잃은 대가로 도둑으로부터 목숨을 부지할 수 있었다.

“나쁜 일이 좋은 일로 연결되는 계기가 될 수도 있다는 것을 알아야겠구나. 최악(最惡)의 상태에서도 인간은 희망을 잃어서는 안 돼.”

랍비는 깨달았다.

정의란 무엇인가?

알렉산더 대왕이 이스라엘에 왔을 때의 일이다. 한 유대인이 대왕에게, "대왕께서는 저희가 갖고 있는 금은보화를 갖고 싶지 않으신가요?"라고 물었다.

그 말에 대왕은, "나는 금은보화라면 싫증이 나도록 많이 갖고 있으므로 조금도 원하지 않소. 단지 당신들의 습관과 당신들에게 있어서 정의관이 무엇인가를 알고 싶을 따름이오"라고 대답했다.

대왕이 머무는 동안, 두 명의 사나이가 랍비에게 어떤 일을 의논하러 찾아왔다. 사연은 두 명 중 한 사나이가 다른 사나이에게서 쓰레기 더미를 샀는데 그 더미 속에 아주 값비싼 금화가 섞여 있는 것을 발견했다는 것이다.

쓰레기 더미를 산 사나이가 말했다.

"나는 이 쓰레기를 산 것이지, 금화까지 사지 않았으니 금화는 도로 가져가는 게 맞소."

그러자 쓰레기 더미를 판 사나이는 오히려 "내가 당신에게 판 것은 쓰레기 더미 전부요. 그 속에 무엇이 들어 있건 모두 당신 것이오"라고 주장했다.

두 사나이의 말을 듣고 난 랍비는, "당신에게는 딸이 있고 또 당신에게는 아들이 있으니 그렇다면 두 사람을 결혼시켜서 두 사람에게 그 금화를 주는 것이 올바른 일이오" 하고 판정을 내렸다.

두 사나이가 돌아간 뒤, 랍비는 알렉산더 대왕에게 물었다.

"대왕님! 당신 나라에서는 이럴 때 어떻게 판결을 내리십니까?"

대왕은 의외로 간단하게 답했다.

"우리나라에서는 '두 사람을 죽이고 내가 금화를 가진다. 이것이 내게 있어서 올바름이오."

선이 데려온 악

온 세상을 휩쓴 대홍수가 일어났을 때, 모든 동물이 노아의 방주(方舟)를 찾아왔다. '선(善)'도 서둘러 달려왔다. 그러나 노아는 선을 태우기를 거절했다.

"나는 짝이 있는 것만 태우기로 하고 있네"라고 노아는 말했다. 그 말을 들은 선은 숲으로 돌아가, 자기의 짝이 될 상대를 찾았다. 그리하여 선은 '악(惡)'을 데리고 방주로 돌아왔다. 그리하여 선(善)이 있는 곳에는 악(惡)이 있게 되었다.

신(神)

어떤 로마인이 랍비를 찾아와서 "당신들은 하느님에 관한 이야기만 하고 있는데 신이 어디에 있는지 말해 보시오"라고 말했다.

어디에 있는지를 가르쳐 주면 자기도 그 신을 믿겠다는 것이었다.

물론 랍비는 이 로마인의 심술궂은 질문을 좋아하지 않았다. 랍비는 로마인을 밖으로 데리고 나가서 손가락으로 태양을 가리켰다.

"저 태양을 쳐다보시오!"

로마인은 태양을 힐끗 쳐다보고는 소리쳤다.

"엉터리 같은 소리 하지 마시오. 어느 누가 태양을 똑바로 바라볼 수 있단 말이오!"

그러자 랍비가 말했다.

"당신은 신이 창조하신 많은 것 중의 하나인 태양조차 똑바로 보지 못하면서 어찌 위대한 신을 볼 수 있단 말이오!"

지도자를 선택하는 법

뱀의 꼬리는 항상 머리 뒤에 따라다니게 마련이다. 어느 날, 뱀의 꼬리가 불만을 터뜨리며 머리를 향해 말했다.

"왜 나는 언제나 네 꽁무니만을 따라다녀야 하지? 네 쪽이 언제나 나 대신 의견을 말하고 방향을 정하잖아. 정말 불공평해. 나도 뱀의 일부인데 언제나 노예처럼 따라다니기만 하는 것은 말이 되지 않아."

머리가 대꾸했다.

"아니, 무슨 말을 하는 거야! 네게는 앞을 볼 눈도 없고 위험을 알아차릴 귀도 없잖아. 더군다나 행동을 결정할 두뇌도 없지? 나는 절대 나 자신만을 위해서 하는 것이 아니야! 너를 진정으로 생각하기 때문에 언제나 너를 인도하고 있는 거야!"

꼬리는 큰 소리로 비웃었다.

"그런 말은 이제 싫증이 나. 어떤 독재자라도, 모두 자기를 따르는 자를 위하여 노력하고 있다는 말을 구실로 제 마음대로 하고 있지 않니?"

머리가 말했다.

"그렇게까지 말한다면, 네가 한번 나의 역할을 해 봐."

그러자 꼬리는 좋아하며, 앞장서서 먼저 움직이기 시작했다. 그런데 얼마 못 가 개울에 떨어져 버리고 말았다. 꼬리가 고생한 끝에, 간신히 개울에서 빠져나올 수가 있었다.

조금 더 나아가자 꼬리는 가시 투성이의 덤불 속으로 들어가 버렸다. 꼬리가 애를 쓰면 쓸수록 가시덤불 속에 더 끼어서 꼼짝도 하지 못하게 되었다. 겨우 상처를 입다가 결국 머리의 도움을 받고 상처투성이가 모습으로 가시덤불 속에서 겨우 빠져나올 수 있었다.

그래도 꼬리는 고집을 부렸다. 계속 앞장서서 나가다가 이번에는 불타고 있는 덤불 속으로 들어가 버렸다. 몸이 점점 뜨거워지고, 주위가 캄캄해지자 뱀은 무서워지기 시 했다. 절박해진 머리가 필사적으로 구해내려 했으나 때는 이미 늦었다. 꼬리는 불타고 머리도 함께 죽어 버렸다. 머리는 결국 고집 센 꼬리에 의해 죽게 된 것이다.

우리가 지도자를 선출할 때도 마찬가지이다.

언제나 머리를 선택해야지 이 꼬리와 같은 지도자를 선택해서는 안 된다.

재산보다 귀한 지식

어떤 배(船) 위에서 있었던 이야기이다. 선객(船客)들은 대부분 부자들이었고 랍비가 한 사람 타고 있었다. 부자들은 서로 자신들의 재산을 자랑하기 바빴다. 그들 틈에서 랍비가 말했다.

"내가 제일 부자라고 생각하고 있지만, 지금은 내 재산을 여러분에게 보여줄 수가 없소."

그때 해적이 나타나서 배를 습격했다. 부자들은 금은보석 등 자기들의 모든 재산을 빼앗겼다. 해적이 사라진 뒤, 간신히 배는 알지도 못하는 항구에 닿았다.

랍비는 곧 항구 사람들에게 학식과 교양이 높다는 것을 인정받고 학교에서 학생을 모아 가르쳤다.

얼마 뒤 이 랍비는 배에서 함께 여행했던 지난날의 부자들

과 만났다. 그들은 모두 비참한 가난뱅이로 몰락해 있었다. 부자가 말했다.

"확실히 당신의 말이 옳았소. 교양이 있는 자는 모든 것을 가지고 있는 것과 같군요"라고 말했다.

여기에서 지식은 누구에게도 빼앗기는 일 없이 가지고 다닐 수 있기 때문에 무엇보다도 중요한 것이라는 설이 생겼다.

세 사람의 친구

어느 날 임금님이 사자(使者)를 보내어 어떤 사나이에게 출두하도록 명했다.

그 사나이에게는 세 명의 친구가 있었다. 첫 번째 친구에게는 대단히 정중하게 대하여 진짜 친구라고 생각하고 있었다. 두 번째의 친구도 역시 사랑하고 있었지만, 첫 번째의 친구만큼 귀중하게 대하고 있지 않았다. 세 번째도 친구라고 생각하고 있었지만, 그렇게 관심을 두고 있지 않았다.

왕이 보낸 사자가 왔을 때, 그는 무언가 잘못되어 문책을 받게 될까 봐 두려워했다. 혼자서 임금에게로 갈 용기가 없어, 세 친구에게 함께 가자고 부탁하게 되었다.

먼저 가장 친하고 귀중하게 대하고 있는 첫 번째 친구에게 갔다.

"나와 함께 가 주게!"

"나는 싫네!"

친구는 이유도 말하지 않고 거절했다.

"왕궁의 성문까지는 가줄 수 있지만, 그 이상은 따라가지 않겠네."

두 번째의 친구에게 부탁했으나 역시 거절했다.

사나이는 세 번째의 친구에게 마지막으로 부탁했다.

"함께 가 주겠네! 자네는 나쁜 일을 한 적이 없으니 무서워할 것 없네. 내가 함께 가서, 임금님에게 그렇게 말해 주겠네!"

이 세 사람의 제각기 다른 말은 무엇을 뜻할까?

생각해 보자.

먼저, 첫 번째 친구는 '재산'이다. 아무리 귀하고 소중하게 여겨도 죽을 때는 남겨 두고 가지 않으면 안 된다.

두 번째 친구는 '친척'이다. 묘지까지는 따라가지만 그다음에는 그를 그곳에 두고 가버린다.

세 번째 친구는 '선행'이다. 평소에는 그렇게 눈에 띄지 않지만 죽은 뒤에는 그와 함께한다.

악마가 선물한 포도주

이 세상에 나온 최초의 인간이 포도밭에서 씨앗을 심고 있었다. 이때 악마가 그의 앞에 나타났다.

"무엇을 하고 있는가?"

"멋진 식물(植物)을 심고 있지!"

인간의 대답에 악마가 말했다.

"이런 식물은 본 일이 없는데?"

"이것은 아주 달콤하고 맛있는 열매가 열려서 그 즙을 마시면 당신을 행복하게 만들 거야."

그 말을 들은 악마는 그렇다면 자기도 꼭 끼워 달라고 말하면서 양과 사자와 돼지와 원숭이를 데리고 왔다. 그리고 악마는 이 네 마리 짐승을 죽여서 나온 피를 거름으로 쏟아부었다.

그래서 포도주가 생겼다. 처음 마시기 시작할 때에는 양처럼 온순하고, 좀 더 마시면 사자처럼 강하게 되고, 그보다 더 마시면 돼지처럼 더럽게 된다. 너무 지나치게 마시면 원숭이처럼 춤추거나 노래를 부르거나 한다.

이것이 곧 악마가 인간에게 준 선물이다.

정당한 처형

재판소에서 닭 한 마리가 재판을 받고 있었다. 닭이 조그마한 요람 속에 넣어진 갓 태어난 아기의 머리를 쪼아 아기가 죽었기 때문이었다.

이를 목격한 증인들은 재판에 불려 나가 여러 가지 증언을 했다. 그 결과 닭은 유죄판결이 내려져 처형되었다.

이 일화는 비록 닭이라 할지라도 살인범으로서 확실히 유죄라는 것이 확정되지 않는 한 간단히 죽여 버릴 수 없다는 것을 뜻하는 교훈이다.

두 시간의 노임

어느 왕이 가진 포도원에는 많은 노동자가 일하고 있었다. 그중의 한 노동자는 뛰어난 능력을 갖고 있었다. 왕은 포도원을 찾아가 그 뛰어난 재능의 노동자와 함께 포도원을 거닐었다.

하루의 일이 끝나고 노동자들은 줄을 지어 품삯을 받으러 왔다. 노동자들은 모두 똑같은 품삯을 받았다. 그런데 그 뛰어난 능력의 노동자가 품삯을 받았을 때, 다른 노동자들이 화를 내며 왕에게 항의했다.

"저 사나이는 두 시간밖에 일하지 않았고, 나머지 시간은 왕과 함께 빈둥거리고 있었습니다. 그가 우리와 똑같은 품삯을 받다니 말도 안 됩니다."

그러자 왕은, "너희가 온종일 걸려서 한 일보다도 더 많은 일을 이 사나이는 두 시간 동안에 해냈다"라고 말했다.

28세로 죽게 된 랍비도 다른 사람이 백 년을 산 것보다도 더 많은 일을 성취하고 유명을 달리했다. 여기서 문제는 몇 년을 살았느냐가 아닌 훌륭한 업적을 얼마만큼 남겼느냐에 있다.

거미와 모기와 미치광이

다윗 왕은 평소 거미를 '장소를 가리지 않고 집을 짓는 더러운 벌레이며, 아무 소용도 없는 놈'이라고 생각하고 있었다.

어느 전쟁에서 다윗 왕은 적에게 포위되어 달아날 길을 잃고 말았다. 궁여지책으로 그는 동굴에 숨어들었다. 그때 마침 동굴의 입구에서 한 마리의 거미가 집을 짓기 시작했다. 이윽고 뒤쫓아 온 적의 병사가 잠시 동굴 앞에 멈춰 섰으나 입구에 거미줄이 처져 있는 것을 보고 다른 곳으로 돌아가 버렸다.

또 한 번은, 다윗 왕이 적장의 침실에 숨어 들어가 그의 칼을 훔쳐 이튿날 아침에, "나는 당신의 칼을 훔쳐 올 정도이니 죽이는 일은 간단히 할 수 있다"라고 하며 은혜를 베푸는 듯이 항복을 받으려는 계획을 짰다. 그러나 그 기회란 좀처럼

오지 않았다.

간신히 침실에 숨어 들어가기는 했으나 칼은 장군의 다리 밑에 들어가 있어 훔쳐 올 수가 없었다. 다윗 왕은 마침내 단념하고 되돌아가려고 했다. 그런데 바로 그때였다. 한 마리의 모기가 날아와서 장군의 다리에 앉아 다리를 물었다. 적장은 무의식중에 다리를 움직였다. 그 순간을 놓치지 않고 다윗 왕은 칼을 훔치는 일에 성공했다.

또 한 번은, 다윗 왕이 적에게 포위되려는 위기일발의 순간이었다. 그는 별안간 미치광이 흉내를 내었다. 적병들은 설마 이 미치광이가 왕일 리가 없다는 생각에 다른 곳으로 사라져 버렸다.

무엇이건 세상에서 필요 없는 것이라고는 없다. 어떠한 것이라 할지라도 소홀히 해서는 안 된다.

다섯 가지 쾌락

어떤 배가 항해를 하고 있을 때, 폭풍우로 인해 배가 항로에서 벗어나 버렸다.

다음 날 아침이 되자 바다는 다시 고요해지고, 아름다운 만(濤)이 있는 섬 곁에 닿아 있었다. 배는 그곳에 닻을 내리고 잠시 쉬기로 했다. 그 섬에는 아름다운 꽃이 만발하고, 맛있는 과일이 열린 나무들이 잔뜩 있었다. 시원한 나무 그늘에서는 새들이 즐겁게 노래하고 있었다.

배의 손님들은 다섯 그룹으로 나뉘었다.

첫째 그룹은 자기들이 섬에 상륙해 있을 동안에 바람이 불어서 배가 떠나가 버릴지도 모른다며, 아무리 이 섬이 아름다워도 자기들의 목적지에 가지 못할 것을 우려하여 아예 상륙하지도 않고 배에 남았다.

둘째 그룹은 서둘러 섬에 상륙하여 향기로운 꽃향기를 맡고 푸른 나무 그늘에서 맛있는 과일을 따먹었다. 원기를 회복하자 곧 배로 돌아왔다.

셋째 그룹은 상륙했으나 섬에 너무 오래 있었다. 때마침 순풍이 일어나 배가 출항하려 하자 당황하여 달려 돌아왔을 때는 소지품을 잃어버리거나 애써 차지하고 있던 배 안의 좋은 자리를 빼앗기고 말았다.

넷째 그룹은 바람이 일어나서 선원들이 닻을 올린 것을 보았는데도 크게 반응하지 않았다. 아직 돛이 올려지지 않았으니 선장이 자기들을 남기고 출항할 리는 없으리라는 갖가지 이유를 붙여서 될 수 있는 한 오래도록 그 섬에 남아 있었다. 그러나 정말로 배가 항구를 떠나려는 것을 보고는 당황하여 헤엄쳐 배의 옆구리로 기어 올라왔다. 그런 탓에 바위나 배에서 상처를 입었고, 그 상처는 항해가 끝날 때까지 낫지 않았다.

다섯 번째의 그룹은, 섬 속 깊숙이 들어가 너무 많이 먹고 또 아름다운 섬에 도취하여 배가 출항할 때 울리는 종소리를 듣지 못했다. 그 때문에 숲속에 있던 맹수에게 잡혀먹히거나 독이 든 과일 따위를 먹고 병이 들어 모조리 죽어 버렸다.

당신이라면 어느 그룹에 속했을까? 이 이야기에 나오는 배는, 인생에서 선행(善行)을 상징하고 있다.

섬은 '쾌락'을 상징한다.

첫째 그룹은, 인생에서 쾌락을 조금도 맛보려고 하지 않았다.

둘째 그룹은, 조금은 쾌락에 잠겼지만 자신들이 배를 타고 목적지에 도착하지 않으면 안 된다는 의무를 잊지 않고 있었다. 가장 현명한 그룹이라고 할 수 있다.

셋째 그룹은, 쾌락에 지나치게 빠지지 않고 돌아왔지만 역시 고생을 했고, 넷째 그룹은, 돌아왔지만 늦었기 때문에 목적지에 도착하기까지 상처가 아물지 않았다.

인간이 빠지기 쉬운 것은 다섯 번째 그룹이다. 인간은 일생을 허영 때문에 살거나, 장래의 일을 잊어버린다. 달콤한 과일 속에 독이 들어 있는 것도 모르고 말이다.

진정한 이득

몇 명의 랍비가 악인의 무리와 마주쳤다. 악인들은 이 세상에서 가장 교활하고 잔인한 인간들이었다. 사람의 골수까지 갈아 마실 정도의 악랄함을 가지고 있었다.

랍비 무리 중 한 사람이 이러한 악당들은 물에 빠져 모두 죽어버렸으면 좋을 것이라고 말했다. 그러나 랍비 중에서 가장 존경받는 랍비가 말렸다.

"유대인으로서 그런 생각을 가져서는 안 되오. 아무리 악인들이 죽어 버리는 게 좋다고 생각하더라도 그러한 일을 기도해서는 안 되오. 악인들이 멸망하는 것을 바라기보다는, 악인들이 회개하는 것을 바라야 하오."

악인을 벌하는 것은 아무런 이득이 되지 않는다. 그들을 회개시키거나, 우리 편에 서게 하는 것만이 이득이 된다.

임금님이 된 노예

매우 상냥하고 친절한 어느 부자(富者)가 있었다. 그는 하인이었던 노예를 기쁘게 해주기 위해 배에 많은 물건을 실은 배를 그에게 선물로 주었다. 그러고는 어디든지 좋은 데로 가서 배에 있는 이 물건을 팔아 행복하게 살라며 그를 해방시켜 주었다.

노예가 탄 배는 바다 한가운데로 나갔다. 그런데 심한 폭풍우가 불어닥쳐 배가 가라앉아 버렸다. 짐은 모두 없어지고, 노예는 제 몸 하나로 간신히 가까운 섬에 헤엄쳐 닿았다. 모든 것을 잃은 노예는 슬픔에 잠겼다.

그는 고독하게 섬 안을 조금 걷다가, 섬 안에 있는 큰 도시를 발견했다. 그가 도시에 들어가자 도시 사람들이 옷조차 걸치지 않은 그를 반갑게 맞아들였다. 그러고는 "임금님 만

세!"라고 외치며 그를 왕으로 받들었다. 그는 호화로운 궁전에 살며 스스로 꿈을 꾸고 있는 것이 아닌가 생각했다.

이 사실을 믿을 수 없어 그는 어떤 사람에게, "이게 도대체 어찌 된 일입니까? 나는 돈 한 푼 없이 왔는데도, 갑자기 임금을 시키다니, 도대체 어찌 된 일입니까?" 하고 물었다.

그 사람이 대답했다.

"우리는 살아 있는 인간이 아닙니다. 영혼입니다. 일 년에 한 번씩 살아 있는 인간이 이 섬에 찾아와서, 우리들의 왕이 되어 주기를 바라고 있습니다. 그러나 조심하십시오. 일 년이 지났을 때, 당신은 여기서 쫓겨나 생물(生物)도 먹을 것도 없는 섬에 홀로 보내질 것입니다."

"정말 고맙군요. 그렇다면 이제부터 일 년 후를 위해 여러 가지 준비를 해두어야겠군요."

임금님이 된 노예는 그에게 감사해 했다. 그리하여 그는 사막과 같은 섬에 가서 꽃을 심고 과일을 심어, 장래를 위해 준비해 두었다.

일 년이 지나자, 그는 즐거웠던 섬에서 쫓겨났다. 그는 섬에 처음 도착했을 때와 똑같이 벌거숭이로 죽음의 섬에 보내졌다.

그런데 황폐했던 섬에 도착해 보니, 과일이 열리고 채소가 자라서 살기 좋은 땅으로 변해 있었다. 먼저 그곳에 쫓겨났던 사람들도 따뜻하게 그를 맞아들였다. 사람들은 그와 함께 행복하게 살 수 있었다.

이 이야기는 여러 가지 의미를 나타내고 있다. 먼저, 처음의 친절한 부자는 고마우신 하느님, 노예는 사람의 영혼을 뜻한다. 노예가 갔던 처음의 세계는 지상 세계, 그곳에 살고 있던 주민들은 인류라고 한다.

일 년 후에 갔던 황폐한 섬은 내세(來世), 그곳에 있었던 채소나 과일은 선행(善行)이라고 할 수 있다.

하인들을 초대한 만찬회

하루는 왕이 자기 하인들을 만찬에 초대했다. 그러나 언제 만찬회가 열리는지 정확한 시간은 말하지 않았다.

하인 중 가장 현명한 하인이, '왕의 일이니까 언제라도 만찬회는 열릴 것이다. 그 만찬회를 위해 일찌감치 준비해 두자'라고 생각하며 만찬회가 언제 열려도 갈 수 있도록 왕궁의 정문 앞에 가서 기다렸다.

그러나 어리석은 하인은, 만찬회는 준비하는 데에 시간이 걸릴 테니 열리기까지는 아직 시간이 있다며 아무런 준비도 하지 않았다.

이윽고 만찬회가 열렸을 때, 현명한 하인은 정문을 지나서 바로 만찬회장에 참석할 수 있었지만 어리석은 하인은 만찬회에 가지 못했다.

이처럼, 언제 하느님이 부르시게 될지 전혀 모른다. 창조주로부터 만찬회에 초대되었을 때 당황하지 않도록 해야 한다. 언제라도 준비가 되어 있도록 노력하라.

육체와 영혼

어느 왕이 '오차'라는 이름의 매우 맛있는 과일이 열리는 나무를 가지고 있었다. 왕은 나무를 지키기 위해 두 사람의 파수꾼을 고용했는데, 한 사람은 장님이었고, 다른 한 사람은 절름발이였다.

두 사람은 함께 어울려 과일을 따먹자는 계획을 세웠다. 장님이 절름발이를 업으면 절름발이는 과일이 있는 방향으로 장님을 인도했다. 그들은 이렇게 맛있는 과일을 실컷 훔쳐 먹었다.

나무에 과일이 남아 있지 않은 것을 발견한 왕은 대단히 노하여 두 사람을 힐문하자, 장님은 앞을 보지 못하니 따먹을 수 없다고 말하고, 절름발이는 저렇게 높은 곳에 내가 어떻게 올라갈 수 있겠느냐고 했다.

무슨 일이라도 두 사람의 힘은 하나보다는 훨씬 크다. 육체만으로 인간은 아무것도 할 수 없으며, 영혼만으로도 아무것도 할 수 없다. 그러나 양쪽에서 힘을 합하면 나쁜 일도 좋은 일도 무엇이든지 할 수 있다.

팬터마임(pantomime)의 유래

로마의 황제가 이스라엘의 가장 위대한 랍비와 친교를 맺고 있었다. 그 이유는 두 사람의 생일이 같은 날이었기 때문이라는 데에 있다.

양국 정부 관계가 좋지 않았을 때도 두 사람은 변함없이 친한 관계를 유지했다. 그러나 랍비와 황제가 친구라는 사실은 양국 정부의 관계에 있어서 좋은 일은 아니었다. 그래서 황제가 랍비에게 무엇을 물으려 할 때는 사자(史者)를 대신 보내어 간접적으로 의견을 묻지 않으면 안 되었다.

어느 날 황제는 랍비에게 메시지를 보냈다.

"나는 두 가지 이루고 싶은 일이 있다네. 하나는 내가 죽은 후 아들을 황제로 삼는 일이고, 두 번째는 이스라엘에 있는 타이 베리아스라는 도시를 관세자유도시(關稅自由都市)

로 만들고 싶다네. 그 두 가지 중 한 가지밖에 이룰 수가 없지만, 양쪽을 다 하려면 어떻게 하면 좋은가?"

양국 관계가 대단히 험악해지고 있었기 때문에, 황제의 질문은 랍비가 대답했다는 것이 알려지면 국민들에게 악영향을 끼칠 것이 명백했다. 랍비도 그 질문의 대답을 직접 보낼 수가 없었다.

사자가 돌아오자 황제가 물었다.

"메시지를 전했을 때 랍비는 무엇을 하고 있었나?"

"랍비는 아들을 목말 태워서, 비둘기를 아들에게 주었습니다. 아들은 그 비둘기를 하늘에 날려 주었습니다. 그 이외에는 아무것도 하지 않았습니다."

그 말을 들은 황제는 랍비가 말하려는 뜻을 알 수 있었다.

"먼저 왕위를 아들에게 물려주고, 그다음에 아들이 관세를 자유로 하면 되겠구나!"

어느 날 황제가 또다시 사신을 보냈다.

"나의 신하들이 내 마음을 괴롭히고 있다. 나는 어떻게 하면 좋겠는가?"라는 질문이었다.

랍비는 역시 똑같은 방법으로, 뜰의 밭으로 나가 채소를 하나 뽑아 왔다. 몇 분 뒤 다시 밭에 돌아가 또 하나의 채소를 뽑았다. 조금 지나서 다시 똑같은 일을 했다. 그것으로 끝이었다.

로마의 황제는 랍비의 메시지를 알 수 있었다.

"한 번에 당신의 적을 멸망시키지 마라. 몇 번으로 나눠서 하나하나 부숴 버려라."

'팬터마임(pantomime)'은 인간의 의사를 말이나 문장에 의하지 않고서도 충분히 나타내는 방법을 말한다.

하나님의 들어준 기도

어떤 배가 항해 중에 있었다. 그 배에는 여러 나라에서 모여든 사람들이 타고 있었다.

그런데 갑자기 폭풍우가 불어오기 시작했다. 사람들은 제각기 제 나름대로 믿는 신을 향하여 기도를 했지만, 폭풍우는 점점 더 거세어졌다.

사람들은 아무것도 하지 않고 있는 유대인을 보곤 "당신은 어째서 기도하지 않소?"라고 묻자 유대인이 기도하기 시작했다. 그러자 폭풍우가 즉시 잠잠해졌다.

배가 항구에 도착하자 사람들이 물었다.

"우리가 정성 들여 기도했을 때는 들어 주지 않고, 당신이 기도하자 왜 폭풍우가 잠잠해졌을까요?"

유대인이 답했다.

“나도 잘 알 수 없지만, 내 생각으로는 여러분은 제각기 자기 나라에서 믿는 신에게 기도했습니다. 바빌로니아인은 바빌로니아의 신에게 기도하고, 로마인은 로마의 신에게 말이죠. 그러나 바다는 어느 나라에도 속해 있지 않습니다. 우리들의 신은 우주를 지배하는 넓고 큰 신이기 때문에, 바다에서 기도한 내 소원을 들어주셨던 것입니다.”

누가 제일 중요한가?

어떤 나라의 왕이 세상에도 없는 희귀한 병을 앓고 있었다. 의사는 "암사자의 젖을 먹으면 나을 것입니다"라고 말했지만 암사자의 젖을 구해올 방법이 문제였다.

어떤 머리 좋은 사나이가 사자가 사는 동굴 가까이에 가서 새끼 사자를 한 마리씩 사자에게 주었다. 그리하여 10일째에는 암사자와 그는 퍽 친하게 되었다. 사나이는 암사자에게서 임금님의 약으로 쓸 젖을 조금 짜낼 수가 있었다. 그리곤 젖을 궁전으로 가지고 가는 도중, 꿈을 꾸었다.

꿈속에서는 그의 몸 여러 부분이 서로 싸움을 하고 있었다. 몸 안에서 어디가 제일 중요 한가를 서로 언쟁(言爭)하고 있는 것이었다. 다리는 '만약 자기가 없었더라면 사자가 있는 곳에 갈 수 없었을 것'이라고 말하고, 눈은 '앞을 볼 수

가 없었더라면 이 장소에 올 수 없었을 것'이라고 말했다. 심장은 '자기가 있지 않았더라면 여기까지 올 힘조차 없었을 것'이라고 말했다. 여러 주장을 듣고 있던 혀가 말했다.

"말을 할 수 없었더라면, 너희들은 아무런 소용도 없을 거야."

그러자 몸의 각 부분들이 일제히 혀를 나무랐다.

"뼈도 없는 조그마한 고깃덩어리인 주제에 건방지구나!"

사나이가 궁중에 도착했을 때, 혀가 말했다.

"누가 제일 중요 한가를 알려 주고야 말 테다!"

임금님이 사나이에게 물었다.

"이 젖은 무슨 젖인가?"

그러자 사나이가 외쳤다.

"개의 젖입니다!"

혀를 책망하던 몸의 모든 부분들이 이에 깜짝 놀라며 사과했다. 혀가 얼마나 강력한 것인지 모두 깨닫고 만 것이다.

혀는 사과를 다 듣고 나서 정정하기로 했다.

"아닙니다. 제가 말을 잘못한 것입니다. 이것은 틀림없는 암사자의 젖입니다."

암시

어떤 로마 장교가 랍비를 만났다. 장교가 말했다.

"유대인은 매우 현명하다고 들었는데, 오늘 밤 내가 어떤 꿈을 꾸게 될 것인가를 가르쳐 주시오."

랍비는, "페르시아가 로마 진영에 기습을 가해, 로마군을 부수고 로마를 지배할 것이오. 로마인을 노예로 삼고, 로마인이 제일 싫어하는 일을 시키는 꿈을 꾸게 될 것이오"라고 말했다. 당시 로마의 가장 큰 적은 페르시아였다.

이튿날 아침, 로마의 장교가 다시 랍비를 찾아왔다.

"어떻게 내가 어젯밤에 꾼 꿈을 미리 알 수 있었소?"

그 장교는 꿈이 암시(暗示)에서 생긴다는 것을 몰랐기 때문에 자신이 암시에 걸린 줄도 몰랐을 것이다.

부인의 뜻

도박판에서 어떤 사나이가 심장마비로 죽고 말았다.

그의 친구는 이 소식을 부인에게 알리러 가기로 했지만 어떻게 전해야 할지 난감했다.

그의 집에 도착하여 초인종을 누르자, 부인이 나왔다.

"안녕하십니까, 부인. 부군께서 자주 가시던 카페에서 왔습니다만……"

"맙소사! 또 노름을 하고 있나요?"

"사실은…… 그렇습니다."

"보나 마나 빈털터리가 되었겠죠?"

"네에……, 많이 잃은 것 같습니다."

"풀이 팍 죽었겠죠."

"네에……, 그렇더군요."

"아이고, 지긋지긋해! 차라리 아주 죽어 없어졌으면 좋겠어요."

"사실은 하나님께서 그 뜻을 미리 아시고 하늘나라로 데려가셨습니다."

돈 빌리는 기술
복수와 증오
집단 검진
상대방
겨냥
조수(助手)
진짜 장사꾼
즉효(卽效)
대용품
계산
조달(調達)
인간
신뢰
고생
보건소의 가치
천당(1)
천당(2)
광고
황제의 자격
관광
해석
착각
당연한 일
임기응변
자업자득
건망증
예비 행위
그리스도는 유대인
감사
병문안
강자
작별 인사
6일째
지혜로 찾은 지갑
토지
슬기로운 세 가지 행위

제2장

생활의 즐거움을 일깨우는 유대인의 해학

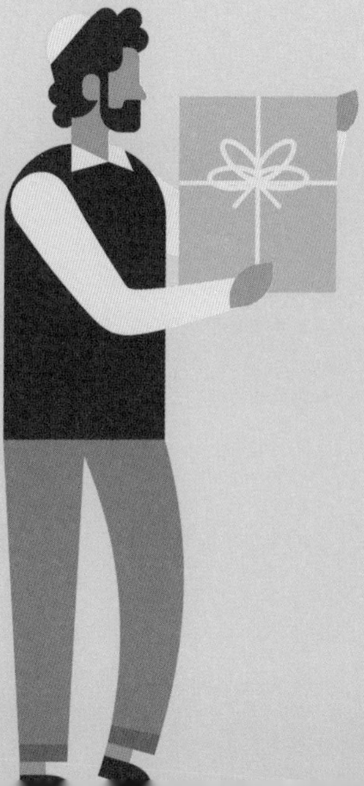

돈 빌리는 기술

그린이 친구인 브라운과 만났다.

"이봐, 잠시 50마르크만 빌려줄 수 있겠나?"

"좋아, 빌려주지."

브라운은 50마르크를 그린에게 빌려주었다. 그로부터 열흘쯤 지난 뒤 두 사람이 다시 만났다.

"여보게, 자넨 나한테서 50마르크를 빌려 간 게 있지 않은가?"

"빌려 갔지. 그런데 50마르크를 더 보태서 백 마르크로 채워줄 수 없겠나?"

"좋아."

또다시 그린에게 50마르크를 빌려준 뒤, 두 사람이 다시 만났다.

"여보게, 내가 분명히 자네에게 백 마르크를 빌렸었지?"

"빌려 갔지."

"그렇다면 백 마르크를 보태서 2백 마르크로 했으면 좋겠는데."

"자네가 꼭 필요하다면 할 수 없는 일이지."

다시 그로부터 2주일쯤 지났을 때, 두 사람이 만났다. 그린이 물었다.

"여보게, 내가 자네한테 2백 마르크의 빚이 있지?"

"천만에, 자네에게 돈 빌려준 적이 없는데."

복수와 증오

어떤 사나이가 "솥을 좀 빌려주시오" 하고 말했다. 솥을 가진 상대는, "싫소" 하고 거절했다. 얼마 후, 솥 빌려주기를 거절한 사나이가 찾아왔다. "말을 좀 빌려주시오" 하고 말했다.

그러자 그는, "당신이 나에게 솥을 빌려주지 않았는데, 내가 왜 말을 빌려주겠소!"라며 거절했다. 이것은 '복수'이다.

한 사나이가 찾아와, "솥을 좀 빌려주시오" 하고 말했다. 상대는, "싫소!" 하고 거절했다. 얼마 후 그 거절한 사나이가 찾아와서 "말을 좀 빌려주시오"라고 부탁했다.

사나이는 말을 빌려주며 말했다. "당신은 솥을 내게 빌려주지 않았지만, 나는 당신에게 말을 빌려주겠소" 하고 말했다. 이것은 '증오'이다.

집단 검진

한 사나이가 마을 의사에게 진찰을 받고 오줌을 받아오라는 명을 받았다.

큰 병에 가득 채워 온 오줌을 본 의사는, “이렇게 많은 오줌은 필요 없습니다. 하지만 적은 것보다는 낫겠지요” 하고 놀리는 듯이 말하고는 검사를 했다. 그 결과 아무런 이상이 없음이 나타났다. 그 사나이는 가까운 우체국에 가서 가족에게 전보를 쳤다.

‘모두가 건강함. 안심하라.’

상대방

자신이 쥐라는 망상에 빠진 어느 남자가 있었다. 결국 남자는 정신병원에 입원했다가 퇴원하게 되었다. 그런데 병원 입구에 주저앉아 나오려고 하지 않았다.

의사가 이상하게 생각하고 그 이유를 물었다.

"실은 저기 고양이가 있어서 그렇습니다."

"하지만 당신은 이제 쥐가 아니라는 것을 알고 있지 않소?"

"하지만 고양이 쪽에선 그 사실을 모르고 있을 것입니다."

겨냥

팔십 고령의 한 노인이 젊은 아내를 얻었는데 놀랍게도 그 아내가 임신하게 되었다. 스스로도 이상하게 여긴 노인은 랍비를 찾아가 그 까닭을 물었다.

"어떤 사나이가 파라솔을 들고 아프리카의 황야를 산책하고 있었습니다. 그런데 갑자기 사자 한 마리가 습격해 왔지요. 사나이는 겁도 내지 않고 파라솔을 쥐고 사자를 겨냥하여 '탕!' 소리를 내며 쏘았더니 사자는 '퍽' 하고 고꾸라지지 않겠습니까?"

랍비는 "하지만 아무래도 이상한 일이군요"라고 말했다.

"아닙니다. 조금도 이상하게 생각할 필요가 없습니다. 사실 그 사람 뒤에 진짜 총을 가진 사람이 있었는데, 우연히도 동시에 발포했을 뿐이니까 말입니다."

조수(助手)

차 안에서 직업이 교사인 아름다운 여성에게 어떤 승객이 질문을 던졌다.

"아이가 몇 명이나 있습니까?"

교사는 학생 수를 묻는 줄 알고,

"서른일곱 명이에요"라고 대답했다

그 말을 들은 다른 승객들은 믿을 수 없다는 얼굴을 하며 크게 웃었다. 그러자 그 교사는 그렇게 많은 학생을 가르칠 수 없다는 것을 비웃는 줄 알고, 다음과 같이 말했다.

"사람 무시하지 마세요. 조수까지 채용하고 있으니까요."

진짜 장사꾼

구멍가게를 운영하는 어떤 유대인이 중병에 걸려 임종의 상태에 빠졌다. 가족 모두가 머리맡에 모여 침통하게 지켜보고 있었다. 그 유대인이 가족들을 둘러보며 힘들게 말했다.

"여보, 당신 어디 있소?"

"여기 있어요, 여보."

"내 아들은?"

"여기 있어요, 아버님!"

"내 딸은?"

"저도 여기 있어요."

그러자 유대인은 마지막 숨을 몰아쉬며 일어나려고 했다. 그리고 목구멍의 가래를 뱉을 듯이 "그럼 가게는 누가 보고 있단 말이냐!" 하고 혀를 끌끌 찼다.

즉효(卽效)

기차 안에서 유대인이 소금에 절인 청어를 먹고 있었다. 먹다 남은 머리 부분을 신문지에 싸고 있자니, 건너편에 앉아 있던 폴란드인이 유대인에게 물었다.

"우리도 소금에 절인 청어를 늘 먹고 있지만, 특히 머리 부분을 먹으면 머리가 좋아진다고 하더군요."

"그러면 이 머리 부분을 사시지요?"

"그렇지 않아도 그걸 집에 가지고 가서 아이들에게 먹였으면 하고 생각했는데, 좋습니다. 하나에 1즐로티라면 사겠습니다."

결국 폴란드인은 5즐로티를 내고 청어 머리 다섯 개를 받았다. 먹기 힘든 것을 참고 다 발라먹은 폴란드인은 얼마 후 불쾌한 표정을 짓고 있다가 토해 내듯 말했다.

"당신도 참 지독한 사람이군요. 5즐로티라면 다음 역에서 청어 다섯 마리를 사더라도 거스름돈을 받을 것인데."

그러자 유대인이 말했다.

"벌써 머리가 좋아지셨군요."

대용품

새로 채용한 점원에게 주인이 장사하는 요령을 가르치고 있었다.

"얘, 손님이 원하는 물건이 가게에 없다는 이유만으로 찾아온 손님을 돌아가게 해서는 안 되는 거다. 훌륭한 장사꾼이란 반드시 무언가 대용품을 손님에게 팔아야만 하는 거야. 알겠니?"

점원이 가게를 보고 있는데 한 손님이 찾아왔다.

"화장지가 필요한데, 있나요?"

"죄송합니다. 마침 물건이 떨어져서……"

점원은 그때 주인이 한 말이 생각났다.

"손님, 화장지는 떨어졌지만 최고급 사포(砂布)는 어때요?"

계산

이반이 술이 먹고 싶어 이웃에 사는 유대인에게 1루블을 빌리려고 했다. 그러자 유대인은 돈을 빌려주는 조건으로 원금은 내년 봄에 돌려주되 이자를 쳐서 2루블을 받겠다는 것이었다.

그 담보로 이반은 도끼를 맡기기로 했다. 이반이 승낙하고 돌아가려고 하자, 유대인은 그를 불러 세웠다.

"잠깐, 생각난 것이 있는데, 당신이 봄까지 2루블을 갚으려면 벅찰 것이오. 그러니까 미리 반만 갚아 두는 게 어떻소?"

이반은 그것도 그럴 듯싶어서 1루블을 유대인에게 갚았다. 잠시 후, 이반은 고개를 갸우뚱했다.

"좀 이상한데. 애써 빌린 1루블은 반을 미리 갚느라고 없

어졌고 도끼도 빼앗기고 내년 봄에 또다시 1루블을 갚아야 한다니. 그렇다고 유대인의 말이 틀린 것도 아니고……. 그것참 이상한 일이군."

조달(調達)

어떤 사람이 자기 아들에게 생활 철학을 가르치고 있었다.

"만일 파산하게 되었을 때는 명랑한 얼굴을 하고 아무 일도 없었던 것처럼 꾸미는 거야, 알겠니? 예를 들면, 유대인 여인이 닭 한 마리를 도둑맞았다고 하자. 그럴 때 그녀는 슬쩍 이웃집 닭을 한 마리 안아 오면 되거든. 그러면 그 이웃집 여자도 또 다른 이웃집 닭을 훔쳐 오게 마련이지.

결국, 어디선가 닭 한 마리가 부족하게 되는 셈이지만, 그 여인은 전과 마찬가지로 닭 한 마리가 생겼어. 그런데 만약 도둑맞았다고 허둥대고 떠들었다면 어떻게 되었을까? 근처에 있는 닭장들은 모두 자물쇠가 채워지고, 그러면 자기 혼자만 손해를 보게 되는 거야."

인간

어느 회사의 부장이 부하 직원의 출장비 명세서를 검토해 보았다.

'점심값 5마르크, 택시비 2마르크, 숙박비 30마르크, 인간은 나무토막이 아니다, 100마르크'라고 쓰여 있었다.

이렇게 쓰인 명세서는 다음 날에도 또 그다음 날에도 '인간은 나무토막이 아니다'라고 예외 없이 기재되어 있었다. 부하 직원을 불러 야단을 쳤다.

"자네, '인간은 나무토막이 아니다'라는 게 도대체 무슨 뜻인가?"

"그럼 인간이 강철이란 말인가요?"

신뢰

파피아클라겐은 동료 사원인 비아로스토츠키의 아름다운 아내에게 반해 있었다. 그는 있는 말, 없는 말을 다 해가며 접근했지만 지조가 굳은 비아로스토츠키의 아내는 좀처럼 상대해 주지 않았다.

그는 마지막 수단으로 1천 마르크를 그녀에게 주겠다고 약속했다. 부인도 피를 속일 수 없는 유대인이었기에 이번에는 싫다는 말을 못 하고 파피아클라겐에게 몸을 허락하기로 했다.

"곧 남편이 출장을 떠나니까, 그때 와주세요."

이튿날 사무실에서 파피아클라겐은 출장을 떠나려는 비아로스토츠키를 붙잡고 부탁했다.

"여보게, 단 두 시간이면 되네. 1천 마르크만 빌려주지 않겠나? 점심때까지는 부인에게 갖다 줄 테니."

출장에서 돌아온 비아로스토츠키가 걱정스러운 얼굴로 아내에게 물었다.

"오늘 파피아클라겐이 왔었지?"

아내는 가슴을 두근대며 대답했다.

"네."

"1천 마르크를 가지고 왔나?"

부인은 파랗게 질리며 힘없이 대답했다.

"네."

그러자 비아로스토츠키는 만족스러운 듯이 말했다.

"역시 약속을 지켰군. 오늘 굳게 약속했는데, 그 녀석은 정말 믿을 수 있는 친구거든."

고생

사로몬이라는 유대인이 밀도살 혐의로 기소되어 있었다. 가족들은 그가 감옥에 가지 않고 어떻게든 벌금만 무는 일로 해결되도록 배심원인 유대인에게 3천 마르크의 뇌물을 주었다. 그 결과 사건은 벌금형으로 마무리되었다.

그 후, 유대인 배심원이 사로몬의 집으로 찾아왔다.

"자칫했다가는 큰일 날 뻔했습니다. 벌금형으로 하느라고 얼마나 혼났는지 모릅니다."

"수고하셨어요. 다른 배심원들은 모두 처형을 주장했겠지요?"

"뭐라고요? 그게 아닙니다. 모두가 무죄라고 하면서 들으려 하지 않더군요."

보건소의 가치

이스라엘에는 세계 각지에서 유대인 이민이 몰려들고 있지만 아시아계의 이민들은 사회복지나 공중위생 같은 제도에 익숙하지 못해 이주한 후에 여러 가지 충돌이 끊이지 않았다. 한 가지 예로, 예멘으로부터 이민 온 유대인 남자들은 보건소의 설비가 거의 공짜나 다름없이 이용할 수 있다는 것을 알게 되었다. 그들은 재미가 생겨 매일 보건소에 찾아와서 비치한 기구를 거칠게 다루며 파손시키기도 했기에 골치를 앓고 있었다.

어느 날의 일이다. 하루는 내내 얼굴을 보이지 않아서, 그 다음 날 찾아온 그 사나이에게 보건소 직원이 이유를 물었다. 사나이는 이렇게 대답했다.

"어제 실은 몸이 좀 불편해서요."

천당(1)

가톨릭 신부가 한 유대인을 놀려대고 있었다.

"내가 재미있는 이야기를 들려주겠소. 한 유대인이 천당으로 몰래 숨어 들어갔소. 문지기인 페투르스가 나가 달라고 했으나 유대인은 천당의 문 뒤에 숨어서 나오려 하지 않았지. 그래서 페투르스가 한 가지 꾀를 생각해 냈소. 천당의 울타리 밖에서 경매를 알리는 북을 쳤더니 유대인이 허겁지겁 나가더라고 하더군."

그 말을 듣고 있던 유대인이 미소를 지으며 대꾸했다.

"그 이야기는 계속 있습니다. 좌우지간 유대인이 들어가 천당이 더럽혀졌으므로 깨끗이 해야 하는 의식을 올리려고 신부님을 찾았던 모양이지요. 그러나 천당에는 신부가 단 한 명도 없었다고 하더군요."

천당(2)

기차 안에서 유대교의 랍비와 그리스도교의 목사가 대화를 나누고 있었다. 먼저 목사가 엄숙한 표정으로 말했다.

"어젯밤에 유대교의 천당이란 것을 꿈속에서 보았는데, 어쩐지 지저분해서 마음에 들지 않았소. 더구나 유대인들만 우글거리고 있지를 않겠소?"

그러자 랍비가 대꾸했다.

"나도 실은 어젯밤에 그리스도교의 천당을 꿈속에서 보았는데, 꽃이 만발해 있고 온통 꽃향기로 가득 찬 아주 훌륭한 곳이지 뭡니까. 그런데 아무리 눈을 크게 뜨고 보아도 사람은 찾아볼 수 없었어요."

광고

전쟁으로 인해 식량 사정이 극도로 좋지 않을 때였다. 물가를 통제하고 있음에도 불구하고 유대인 멘데르는 오리 한 마리에 2백 크로네라는 비싼 값을 받아 크게 돈벌이를 하고 있었다.

그것을 본 이웃집 사나이가 그 흉내를 내어 신문에 광고를 냈더니 손님이 오기도 전에 경찰관이 먼저 찾아와 오리를 전부 압수해 가고 말았다. 그 사나이는 크게 탄식하며 멘데르를 찾아갔다.

"멘데르 씨, 당신은 무슨 수를 썼기에 오리를 압수당하지 않는 것입니까?"

"한 가지 묻겠습니다. 광고를 어떻게 냈습니까?"

"그냥 오리 한 마리에 2백 크로네 씩 팔겠다고 내었지요."

"그런 바보 같은 짓이 어디 있습니까? 나처럼 이렇게 내야지요."

'일요일 아침, 교회 광장에서 2백 크로네 분실. 그것을 찾아 주시는 분에게는 사례로 오리 한 마리를 드리겠습니다.'

멘데르의 말대로 냈더니 다음 날 많은 사람들이 2백 크로네를 가지고 오더라고 말했다.

황제의 자격

제정 러시아의 병역의무를 피하려는 유대인이 필사적으로 군의관에게 엄살을 떨고 있었다.

"저는 결핵 환자입니다."

"그래서 어쩌란 말인가? 불로시로프 장군은 결핵 환자인데도 용감한 군인이었네."

"지금 제 눈은 한쪽이 보이지 않습니다."

"이바노프 장군을 보란 말이야. 한쪽 눈만 가지고도 군인의 모범이 되어 있지 않은가?"

"더구나 저는 정신박약자입니다."

"바보 같은 소린 그만해. 우리 황제님은 정신박약자인데도 불구하고 직무를 다하고 있지 않은가?"

관광

국제 수지가 나쁜 이스라엘에서는 관광수입을 매우 중요시하고 있다.

한 유대인이 죽자, 그는 천당과 지옥 중 어느 쪽이 좋은가 하고 잠깐 천당을 들여다보았다. 천당은, 유대교의 사원과 마찬가지로 질서정연하고 엄숙해서 별로 재미있어 보이지 않았다.

지옥은 어떤가 하고 엿보니, 몹시 화려하고 재미있을 것 같았다. 그래서 유대인은 결국 지옥에 가서 살기로 했다. 그런데 이마에 뿔이 돋친 악마가 와서 그를 산적처럼 꼬챙이에 꿰려고 했다. 깜짝 놀란 유대인이 이야기가 다르지 않으냐고 항의하자 악마가 말했다.

"당신이 지난번에 왔을 땐 관광비자로 왔던 게 아니오?"

해석

군 주둔 지역에 새로이 매춘부들의 위안소가 한 채 생겼다. 그런데 공교롭게도 그 집은 가톨릭 수도원 건너편에 자리 잡게 되었다.

수녀라고는 하지만 그녀들도 여자로서의 강한 호기심을 가지고 있는 것만은 어쩔 수 없었는지, 건너편 집의 표정을 수도원의 문틈으로 엿보는 것을 낙으로 삼고 있었다.

한 번은 그리스도교의 목사가 주위의 동정을 살피면서 위안소로 들어가는 것을 본 수녀들이 격분하여 말했다.

"저럴 수가 있나, 겉으로는 프로테스탄트란 말을 하면서 뒷구멍으로 저 꼴이라니."

그로부터 며칠 후에, 이번에는 유대교의 랍비가 그 위안소로 들어가는 것을 발견했다.

"유대인은 그리스도를 십자가에 못 박히게 한 잔인한 사람들이니 랍비라고 다를 수 있겠어?"

또 며칠 후 이번에는 가톨릭의 신부가 그 위안소로 들어갔다. 그것을 본 수녀들은 입을 모아 말했다.

"아마, 저 집에서 매춘부가 죽은 모양이군."

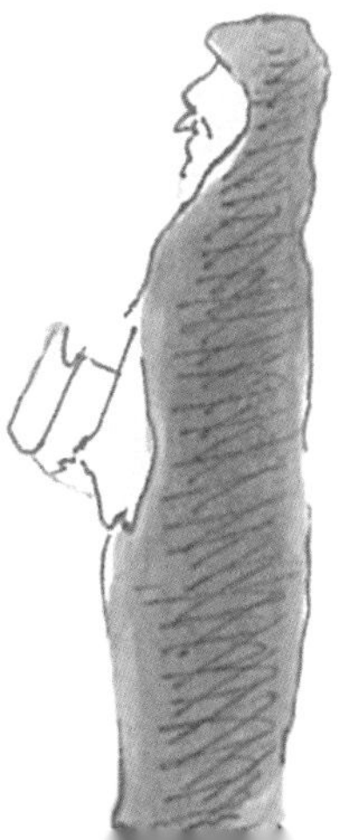

착각

유대교도는 개종하려 해도 다른 종교의 관습을 모른다. 그 한 예로 가톨릭 신부는 제단에 가까이 갈 때 모자를 벗는 관습이 있다.

코온이라는 유대인이 가톨릭으로 전향할 것을 권유받았다. 그래서 코온은 그쪽 형편을 알아보려는 마음으로 교회에 갔다가 잠시 후 돌아오고 말았다.

"나는 절대로 가톨릭교도는 되지 않겠어. 가톨릭교도는 엉터리야. 많은 사람이 모여 있고 앞에 큰 신부와 작은 신부가 있는데, 작은 신부란 마치 절간의 심부름하는 꼬마 중 같지 뭐야. 큰 신부는 제단에 다가가서 모자를 벗자마자 어딘가에 감추어 버리더군. 그러고는 큰 소리로 중얼거리는데 아마도, 내 모자가 어디로 가버렸다고 중얼거리는 것 같았어.

그런데 거기 모인 녀석들이 입을 모아 당신의 모자 따위는 본 일이 없다고 노래하더군. 신부는 자기가 감추어 놓고서 제가 찾아낸 척을 하지 않겠어. 그러고는 두툼한 책을 펼쳐 보고는 생각나지 않는 척하더니 그다음에는 옆에 있는 상자의 뚜껑을 열고 들여다보고, 그래도 보이지 않자 무릎을 꿇고 제단 아래를 들여다보거나 마루 위를 둘러보거나 하더군.

그래도 보이지 않는다고 하자, 작은 신부가 종을 치면서 돈을 걷으러 돌아다니는 거야. 아마 그 돈으로 새 모자를 사려는 모양이겠지. 돈이 적당히 모이니까 잠시 후에 모자를 꺼내지만, 일단 모은 돈을 돌려주지 않더라고."

당연한 일

유대인인 사무엘 비민슈티히는 여러 해 동안 시베리아에 유배되어 있다가 겨우 석방되어 고향으로 돌아왔다. 친구들이 그를 위로했다.

"그래 얼마나 고생이 많았나?"

그 말을 듣자 사무엘은 고개를 저었다.

"별로 고생이란 것도 없었어. 아침 7시에 일어나고 차와 빵만으로 아침 식사를 하는데 차가 뜨거운 것이어서 괜찮았어. 다음엔 자동차로 통조림 공장으로 가서 일하고 점심은 약간 싱거웠지만, 그런대로 먹을 만한 것이었지.

그다음은 잠시 낮잠 자는 시간이 있었고, 간식 시간에는 빵과 커피가 지급되지. 그러고는 카드놀이 따위를 하고 있으면 저녁때가 되고, 물론 메뉴는 대단치 않았지만 사람이 식

욕을 부리자면 한이 없는 법이지. 그 후 다음날 분의 담배 배급을 받고 텔레비전을 보고 있으면 하루가 끝나지. 그리고 10시 반에는 모두가 들어가 잠을 자고.”

“아니, 그게 정말인가? 아이젠슈타프도 시베리아에 유배 당했었지만, 전혀 다른 이야기를 하던데?”

“그럴 수밖에. 그러니까 그 녀석은 또다시 시베리아로 돌아가게 된 거지.”

임기응변

유대인은 히브리어로 기도하고 있을 때 세속적인 이야기로 기도를 중단해서는 안 되는 것으로 되어 있다. 하지만 어쩔 수 없는 경우에 한하여 손짓으로 의사 표시를 하는 것은 허용되고 있다. 그리고 종교적인 다른 임무를 다하기 위할 때 한하여 기도를 중단해도 된다는 원칙이 있다.

밤늦게 어떤 유대인이 여관에 들었다. 그런데 이미 방은 다 찼고, 남은 것이라고는 둘이서 사용하는 방에 침대 하나가 비어 있을 뿐이었다. 그 방에 이미 들어 있는 손님도 유대인이어서 마침 저녁 기도를 드리는 중이었다.

"실례합니다. 이 방의 침대를 쓰려고 합니다만……"

그러자 먼저 든 손님이 알았다고 고개를 끄덕인 채 기도를 계속하기만 했다.

"나갔다가 밤늦게 돌아와도 괜찮겠습니까?"

먼저 든 손님은 그건 안 된다는 듯이 고개를 가로젓고 계속 기도를 드렸다.

"어쩌면 여자 한 사람을 데리고 올지도 모르겠는데, 그래도 괜찮겠습니까?"

그러자 먼저 든 손님이 손가락 둘을 펴 보이며 고개를 크게 끄덕였다.

자업자득

징병 검사를 받게 된 슈무르가 친구인 모이세에게 물었다.

"불합격되는 수는 없을까?"

"이봐, 이를 몽땅 빼버리면 어떨까?"

마침내 슈무르는 이를 몽땅 뽑아 버리고 말았다.

그런데 며칠 후 슈무르는 모이세에게 화를 냈다.

"너 때문에 죽을 고생을 했어."

"불합격은 됐겠지?"

"그야 물론이지. 하지만, 불합격의 판정은 마당발 때문이야."

건망증

안식일 아침에 세 명의 신학생이 담배를 피우고 있었다. 그들은 랍비가 창문으로 들여다보고 있다는 사실을 까맣게 모르고 있었다. 곧 그들은 랍비에게 꾸중을 듣고 잘못을 빌었다. 첫 번째 학생이 말했다.

"선생님, 면목이 없습니다. 오늘이 안식일이라는 것을 깜박 잊고 있었습니다."

두 번째 학생은 이렇게 말했다.

"잘못했습니다. 안식일에는 금연이라는 사실을 잠시 잊고……."

세 번째 학생도 말했다.

"선생님, 죄송합니다. 커튼 내리는 것을 그만 깜빡 잊었습니다."

예비 행위

어느 날 기차 안에서 군인 장교와 유대인이 서로 마주 앉아있었다. 유대인이 주머니에서 담배 케이스를 꺼내 거만하게 한 대를 뽑아 입에 물었다. 성냥을 꺼내어 불을 붙이려고 하자 군인이 재빨리 일어나 유대인이 물고 있는 담배를 빼앗아 창밖으로 던졌다.

"대체 무슨 짓을 하는 거요?"

"여기서는 금연이라는 걸 모르시오?"

"나는 아직 불도 붙이지 않았소."

"예비 행위도 안 된단 말씀이오!"

유대인은 대답할 말을 잃었고 두 사람은 입을 다문 채 여행을 계속했다.

얼마 후, 군인이 신문을 꺼내어 펼치자 이번에는 유대인이 그것을 빼앗아 창밖으로 던져 버렸다.

군인이 화를 발끈 냈다.

"이봐! 장교에게 무례한 짓을 하다니, 용서하지 않겠소!"

그러자 유대인은 조금도 당황하는 기색 없이 대꾸했다.

"여기서 배설 행위는 금지되어 있습니다."

"내가 언제 배설 행위를 했단 말이오?"

"예비 행위도 안 된다, 그거요."

그리스도는 유대인

그리스도교의 목사가 하늘로 올라가자 천당의 입구에서 문지기인 페투르스가 폭스바겐(독일제 소형차)을 주면서 말했다.

"당신의 선행에 대한 보상이오."

그 목사는 얼마를 달리다 보니 어떤 가톨릭 신부가 번쩍이는 미국제 승용차를 타고 가는 것을 보게 되었다. 그래서 페투르스에게 물었다.

"저 사람은 나보다 좋은 일을 더 많이 했습니까?"

"저 사람은 예수님에게 많은 재물을 바쳤기 때문에 그 보상을 받은 것이오."

잠시 후에 보니 이번에는 유대인 랍비가 롤스로이스(영국제 최고급 승용차)를 타고 있었다.

마침내 목사는 격분한 어조로 따졌다.

"저자도 주님께 재물 같은 걸 바쳤소?"

그러자, 페트루스가 귓속말로 일러 주었다.

"조용히 하시오. 저 사람은 주님의 친척이오."

감사

최초의 인간이었던 아담은, 빵을 얻기 위해서 얼마만큼의 일을 해야만 했을까? 먼저 밭을 일구고, 씨를 뿌리고 그것을 가꾸고, 거두어들이면 갈아서 가루를 만들어 반죽하거나 굽기까지……. 총 열다섯 단계의 과정을 거치지 않으면 안 되었다. 하지만 지금은 돈만 내면 빵집에서 만들어 놓은 빵을 살 수 있다.

태초(太初)에 단 한 사람의 인간은, 자기 몸을 가릴 옷을 만들기 위해서는, 대단히 많은 손을 거쳐야 했다. 양을 사로잡아 키워서 털을 깎고 올을 짜서 기워서 입기까지 상당한 노력이 필요했다.

지금은 돈만 있으면 옷가게에서 좋아하는 옷을 사 입을 수 있다. 옛날에는 혼자서 해야만 했던 작업을 이제는 많은 사

람들이 나눠서 하고 있다. 옷을 입을 때는 많은 사람들에게 감사하는 마음을 잊어서는 안 된다.

옛날에는 혼자서 해야 했던 작업들을, 지금은 많은 사람들이 나누어 하고 있다. 빵을 먹을 때나 옷을 입을 때는 많은 사람들에게 감사하는 마음을 잊어서는 안 된다.

병문안

환자를 병문안하면 그 환자는 60분의 1만큼 병의 증상이 좋아진다고 한다. 그렇다고 60명이 한꺼번에 간다면 환자가 완쾌되지는 않는다.

병자의 병문안은 병자가 나으면 그 사람의 감사를 받게 되지만, 죽은 이는 아무런 답례도 하지 않는다. 감사를 바라지 않는 행동이야말로 아름다운 것이다.

죽은 이의 무덤을 찾는 것은 가장 고상한 행위이다.

강자

비록 약해 보일지라도 강자를 두렵게 만들 수 있는 네 가지가 있다.

사자는 모기를 두려워하고, 코끼리는 거머리를 두려워한다. 전갈은 파리를 두려워하고 매는 파리잡이거미를 두려워한다.

아무리 크고 힘이 센 자라고 반드시 절대적이라고는 할 수는 없다. 아주 약한 것이라도 어떠한 조건만 성립된다면 강자를 이길 수가 있다.

작별 인사

어떤 사람이 오랜 기간 여행을 하고 있었다. 그는 몹시 지쳐버렸고, 굶주리고 목말라 있었다. 사막을 오랫동안 걷던 끝에 간신히 나무가 무성한 오아시스에 도착할 수 있었다.

그는 나무 그늘에서 쉬며, 열린 과일과 물로 굶주림과 갈증을 채우고는 안도의 숨을 내쉬었다. 그러나 그는 여행을 계속하기 위해 다시 출발하지 않으면 안 되었다.

그는 무성한 나무에게 매우 고마워하며 말했다.

"나무야! 정말 고맙다. 나는 너에게 어떻게 답례를 하면 좋을까? 너의 과일이 더욱 달아지도록 빌려고 해도 너는 이미 매우 달콤하구나. 상쾌한 나무 그늘이 있도록 빌어 보려고 해도 너는 이미 충분하구나. 네가 더욱 자라날 수 있는 충분한 물이 있도록 빌려 해도 물은 이미 충분히 있구나. 내가 너를 위하여 축복할 수 있는 것은 네가 될 수 있는 한 많은 열매를 맺게 하고, 그 열매가 많은 나무가 되어서 너처럼 아름답고 훌륭한 나무로 자라도록 바라는 것밖에 없구나."

만일 당신이 헤어지는 사람에게 무언가 축복의 말을 할 때 그 사람이 더욱 현명하게 되도록 기원하더라도 그가 이미 매우 현명하고, 많은 돈이 들어오도록 기원하더라도 이미 충분히 풍부하고, 사람들에게 사랑을 받는 착한 사람이 되라고 기원하더라도 이미 충분히 착한 성품을 가진 사람이라면, 당신은 '당신의 아이들이 당신처럼 훌륭한 사람으로 자라도록'이라고 인사하는 것이 가장 현명하다.

6일째

성서에 의하면 천지는 1일, 2일, 3일……처럼 차례를 따라 만들어져서 6일째에 완성되었다고 한다.

인간은 그 마지막 6일째에 만들어졌다. 왜 인간이 마지막일까? 그 의미를 당신은 어떻게 해석하는가?

이것은 인간에게 자연에 대한 겸손을 가르치기 위해서이다. 탈무드에 의하면 파리 한 마리라도 인간보다 먼저 만들어졌다는 것을 생각한다면 인간은 오만하지 말아야 한다고 한다.

지혜로 찾은 지갑

어떤 장사꾼이 물건을 사기 위해 도시에 왔다. 그 도시에서 며칠 후에 바겐세일이 있다는 소식을 듣고는 물건 사는 것을 미루기로 했다.

그러나 많은 현금을 갖고 있던 장사꾼은 그날이 올 때까지 몸에 지니고 다니는 것이 걱정되었다. 그래서 조용한 장소에 가서 자기가 지닌 돈을 몽땅 묻었다.

그런데 다음 날 그곳에 가보자 돈이 감쪽같이 사라져 있었다. 그는 여러 가지를 생각해 보았으나 자기가 파묻는 것을 본 사람이 없었기 때문에 어떻게 돈이 없어졌는지 알 수 없었다.

그때 저 멀리한 채의 집이 있고, 그 집 벽에 구멍이 뚫려 있는 것을 발견했다. 아마도 그 집에 사는 사람이 돈을 파묻

고 있는 것을 구멍으로 지켜보고, 나중에 돈을 꺼내 갔을 것이라고 확신했다.

그는 그 집을 방문하기로 했다. 그곳에는 늙은 영감을 살고 있었다.

"어르신은 도시에 오래 살고 있으므로 대단히 똑똑하실 것입니다. 저는 어르신에게 지혜를 빌릴 일이 있습니다. 실은 이 도시에 물건을 장만하기 위해 돈지갑을 두 개 갖고 왔습니다. 하나는 5백 개의 은화가 들어 있고 또 하나에는 8백 개의 은화가 들어 있습니다. 저는 작은 쪽의 지갑을 비밀리에 어떤 곳에 파묻었습니다. 지금이라도 큰 쪽을 파묻는 것이 좋을까요? 그렇지 않으면 누군가 믿을 만한 사람에게 맡기는 것이 좋을까요?"

장사꾼의 물음에 영감이 대답했다.

"만약 내가 당신이라면 누구도 신용하지 않겠소. 나 같으면 앞의 작은 지갑을 파묻은 장소에 큰 지갑도 파묻겠소"라고 대답했다.

장사꾼이 떠나자 늙은 영감은 자기가 훔쳐 온 지갑을 이전에 파내었던 곳에 다시 묻었다. 장사꾼은 그것을 숨어서 지켜보다가 다시 파내어 무사히 지갑을 되찾을 수 있었다.

토지

두 명의 랍비가 서로 같은 토지를 사려고 하고 있었다. 그런데 먼저 온 랍비가 그 토지에 대해 흥정을 하고 있었을 때, 다른 랍비가 와서 당장에 그것을 사버렸다.

흥정하던 랍비는 토지를 산 랍비에게 가서 물었다.

"어떤 사람이 과자를 사려고 마음먹고 과자점에 가서 그 과자의 품질을 살피고 있었는데 나중에 온 사람이 그 과자를 사 버렸다면 그 사람은 무어라고 할 것이오?"

다른 랍비가 대답했다.

"그것은 나중에 온 사람이 나쁜 사람일 것이오."

질문하던 랍비가 이번에는 "당신이 지금 이 토지를 산 것은 당신이 나중에 과자를 사러 온 사람과 같은 입장이오. 어떤 사람이 먼저 값을 붙여서 흥정하고 있었던 때였소. 당신은 그런 엉터리 같은 짓을 해도 좋다는 말이오?"라고 말했다.

그래서 도대체 어찌하면 좋은가가 문젯거리가 되었다.

한 가지 해결책은 나중의 랍비가 앞의 랍비에게 그 토지를 팔아 준다는 것이었다. 그러자 나중의 랍비는 "안 돼! 내가 물건을 사서 되판다는 것은 재수가 없는 일이니 싫소!"라고 거절했다.

두 번째 해결책은, 앞의 랍비에게 그 토지를 선물로 주면 어떻겠냐는 것이었다. 하지만 처음의 랍비는 선물로 그 토지를 도저히 받을 수 없다는 것이 문제였다. 결과적으로 나중의 랍비가 학교에 토지를 기부하게 되었다.

슬기로운 세 가지 행위

예루살렘에 사는 사람이 여행 중에 병이 들고 말았다. 그는 자신이 살아날 가망이 없다고 판단하고는 여관 주인을 불렀다.

“나는 아무래도 죽을 것 같으니 내가 죽은 후에 예루살렘에서 누군가가 찾아오면 내 소지품을 전해주기 바랍니다. 그러나 그가 세 가지 슬기로운 행동을 하지 않으면 내 소지품을 결코 전해 주어서는 안 됩니다. 내가 여행길에 나서기 전 내 아들에게 만약 내가 여행 중에 죽게 되면 내 유산을 상속받기 위해서는 세 가지 슬기로운 행동을 하지 않으면 안 된다고 말해 두었기 때문입니다.”

마침내 여행자는 죽고 유대의 장례식에 따라 매장되었다. 이렇게 장례를 치르는 동안 동네 사람들에게 이 남자의 죽음이 알려졌고, 예루살렘에도 전갈이 보내어졌다.

아들이 예루살렘에서 아버지의 죽음을 듣고, 부친이 죽은 도시의 성문 가까이 오게 되었다. 그러나 부친이 죽은 여관을 찾을 수가 없었다. 아버지가 자기가 죽은 여관을 아들에게 가르쳐 주지 말라고 유언했기 때문에 아들은 혼자서 그 집을 찾지 않으면 안 되었다.

때마침 땔감 장수가 나무를 지고 지나가고 있었다. 아들은 그를 불러 세워 예루살렘에서 온 나그네가 죽은 여관에 그 땔감 나무를 갖다주도록 이르고 나무 장사의 뒤를 따라갔다.

여관집 주인은, "나는 나무를 사려고 한 일이 없소" 하고 말했다. 나무 장사는, "지금 내 뒤에 따라오는 사람이 땔감 나무를 사서 이 집에 갖다주라고 했습니다"라고 했다. 이것은 첫 번째 슬기로운 행동이었다.

여관집 주인은 기뻐하며 그를 맞아들여 저녁 식사를 마련해 주었다. 식탁에는 다섯 마리의 비둘기와 한 마리의 닭 요리가 나왔다. 그 외에 집주인과 그의 아내, 그리고 두 아들과 두 딸까지 일곱 사람이 테이블에 앉았다.

집주인이, "음식을 모두에게 좀 나눠 주십시오"라고 말하자 그는, "아닙니다. 당신이 주인이므로 당신이 하시는 것이

좋겠습니다"라고 말했다. 그러자 주인은, "당신이 손님이므로 당신이 좋으시도록 해 주십시오"라고 말했다. 그는 하는 수 없다는 듯이 음식을 나누기 시작했다.

먼저 한 마리의 비둘기를 두 아들에게 주었다. 또 한 마리의 비둘기를 딸들에게 주고 또 한 마리의 비둘기를 주인 부부에게 나눠주고 그는 두 마리의 비둘기를 자신을 위해 남겼다. 이것은 그에게 있어서 두 번째 슬기로운 행동이었다.

집주인은 이것을 보고 몹시 못마땅한 얼굴을 했으나, 아무 말도 하지 않았다.

다음에 그는 닭을 나누기 시작했다. 먼저 머리를 주인 부부에게 주었다. 두 아들에게는 다리를 주고 두 딸에게는 날개를 준 뒤 나머지 몸통은 자신이 가졌다. 이것은 세 번째로 행한 슬기로운 행동이었다.

집주인은 마침내 화를 내며, "당신네 지방에서는 이렇게 합니까? 당신이 비둘기를 나눌 때도 난 참았소, 하지만, 닭을 나누는 것을 보고 있으려니 이제 잠자코 있을 수가 없소! 도대체 이게 무슨 짓이오?"라고 소리쳤다.

그러자 젊은 사나이는, "나는 음식을 나누는 일은 맡고 싶지 않았습니다. 그래도 당신이 간청하시니 나는 최선을 다

한 것입니다. 당신과 부인 그리고 한 마리의 비둘기를 합치면 셋이고, 두 아들과 한 마리의 비둘기를 합치면 셋, 딸 둘과 한 마리의 비둘기를 합치면 셋, 거기에 두 마리의 비둘기와 나를 합치면 셋이 됩니다. 이것은 매우 공평합니다. 또 주인 내외분은 가장으로서 첫째이므로 닭의 머리를 드렸습니다. 당신의 두 아들은 이 집의 기둥이므로 다리를 주었습니다. 딸들에게 날개를 준 것은, 머지않아 날개가 자라면 다른 집안에 시집을 가버리기 때문입니다. 그리고 나는 배를 타고 여기에 왔다 다시 돌아가야 하기 때문에 배와 비슷한 몸통 부분을 가졌던 것입니다. 이제 아버지의 유산을 물려주십시오!" 하고 말했다.

형제애
개와 우유
당나귀와 다이아몬드
벌금의 규칙
태아냐 산모냐
불공정한 거래
곤경 끝의 2백만 원
단 한 개의 구멍
진실과 거짓
새로운 악(藥)
세 경영자
보트의 구멍
축복의 말
왜 우는가?
어떤 농장
중국과 사자
'진실'이라는 말
죄
손(手)
거룩한 것
증오
담
숫자
거짓말
착한 사람
동전
두 개의 머리
물레방아
계약
과장 광고
소유권
두 개의 세계
맥주

제3장

삶의 현명함을 일깨우는 유대인의 지혜

형제애

어느 형제가 크게 다투고 있었다. 죽은 어머니의 유언 때문이었다. 유언의 해석에는 제각기 일리가 있었기에 어느 쪽의 말이 옳다고 할 수 없었다.

이 두 형제는 어릴 때부터 독일, 러시아, 시베리아, 만주 등을 떠돌았고 전쟁 중에는 이리저리 도망쳐 다녔던 대단히 의가 좋은 형제였다. 그러나 이 유언을 둘러싼 싸움으로 인해 서로 상처를 입히고 반목했기 때문에 형은 동생을, 동생은 형을 잃고 말았다. 서로 말도 하지 않고, 같은 방에는 절대 들어가지도 않게 되었다.

어느 날 따로따로 내게로 와서 형은 동생을 잃고, 동생은 형을 잃은 것을 한탄했다. 두 사람 모두 계속 다툴 마음은 전혀 없었다.

때마침 나는 아메리카 클럽 회합의 강사로 초빙되었을 때, 주최자에게 형제를 서로 알지 못하게 파티에 초청하도록 부탁했다. 보통날에는 두 사람은 얼굴을 맞대면 이내 헤어져 버리지만, 초대자의 체면도 있기에 두 사람 다 돌아가지도 못하고 그 자리에 앉아 있었다. 나는 인사를 끝내자 탈무드 중의 이런 이야기를 했다.

옛날 이스라엘에 어떤 형제가 살고 있었다. 형은 결혼하여 아내도 아이들도 있었으나 동생은 독신이었다. 두 사람 모두 부지런한 농부였는데, 부친이 죽자 재산을 두 사람에게 나누어 주었다.

수확한 사과나 옥수수는 서로 공평히 이등분하여 제각기 곳간에다 보관했다. 밤이 되자 동생은 생각하기를 형님은 형수와 아이들이 있어 대단히 고생될 터이니, 자기 몫을 얼마간 보태주려고 형님 쪽의 곳간에 상당한 양을 옮겨 놓았다.

형님 역시 자기는 아이들이 있어 늙게 되면 잘 보살펴 줄 것이나, 동생은 독신이므로 늙었을 때를 위해서 준비가 되어 있지 않으면 안 된다고 생각하여 역시 옥수수와 사과를 동생의 곳간으로 날랐다.

다음 날 형제가 잠을 깨어 자기 곳간에 가 보았더니, 어제와 똑같은 양의 수확물이 그대로 있었다. 다음 날 밤도 또 그 다음 날 밤도 똑같은 일이 되풀이되어 사흘 밤이 지났다.

나흘째 되던 날 밤, 형제가 상대방의 곳간으로 나르던 길에서 마주치고 말았다. 그래서 두 형제는 서로의 우애에 감동되어 그 자리에서 농작물을 내던지고 부둥켜안고 울었다. 이 두 사람이 부둥켜안고 울었던 장소는 예루살렘의 가장 고귀한 장소로 오늘날에도 전해지고 있다.

그 결과 이 이야기를 듣던 형제는 오랫동안에 걸친 반목도 얼음 녹듯이 사라졌다.

개와 우유

어떤 가족이 개를 키우고 있었다. 그 개는 가족들과 오랫동안 함께했고 가족들은 모두 개를 귀여워했다. 특히 아들 중의 하나가 더 그러했다. 아들은 잠잘 때도 자기 침대 밑에 개를 재우곤 했다.

그런데 어느 날, 그 개가 갑자기 죽고 말았다. 부친은 언젠가는 모두 죽는 것이므로 어쩔 수가 없지 않으냐고 위로했다. 그러나 아들은 자기의 형제처럼 여겼던 충실한 친구를 잃은 것을 매우 슬퍼하여 그 개를 자기 집의 뒤뜰에 매장하겠다고 말했다.

개와 인간이 다르다는 것을 아들은 알고 있었지만, 개의 사체를 어딘가에 내버리는 일은 그 아이에게 있어서는 견딜 수 없었던 것이다. 그러나 아버지는 뒤뜰에 개를 묻는 것을 반대하였고, 가족들 간에 논쟁이 일어났다. 마침내 아버지가 나에게 의논하러 와서, 유대의 전통에 개를 매장하는 의식이 있느냐고 물었다.

나는 그 이야기를 들었을 때, 어떻게 해야 좋을지 전혀 알 수가 없었다. 지금까지 여러 가지 질문을 받아 봤지만, 개에 관해서는 처음이었다. 그러나 곧 생각이 났던 것은 슬퍼하고 있는 아들의 문제였다. 나는 어떻게든 당신 집을 한번 방문하겠다고 약속했다. 랍비는 관례상 전화로 그런 이야기는 하지 않는다. 본인과 만나서 이야기하는 것이 하나의 습관이 되어 있었기 때문이다.

나는 그 집에 가기 전에 탈무드를 펼쳐 놓고 개에 대한 전례가 있는가를 연구했다. 마침 탈무드 중에 적절한 이야기가 있었다.

고대 이스라엘의 농촌에는 뱀이 무척 많았다. 한 농가에서 뱀 한 마리가 부엌에 있던 우유병에 들어가 버렸다. 그 뱀은 독뱀이었기 때문에 우유 속에 독이 녹기 시작했다. 그러나 가족들은 그 사실을 전혀 몰랐다. 개만이 그것을 알아차렸다.

가족이 우유 통을 꺼내려고 할 때, 개가 맹렬히 짖기 시작했다. 모두 왜 개가 그렇게 소란을 피우는지 알 수가 없었다. 식구 중 한 명이 우유를 마시려고 하자 개가 뛰어들어 우유를 쏟아지게 하고 그것을 먹기 시작했다. 그러자 개가 곧 죽고 말았다. 그때 비로소 가족들은 우유 속에 독이 들어 있었음을 알아차렸다. 그래서 이 개는 당시의 랍비에 의해서 대단한 경의(敬意)와 칭송의 대상이 되었다.

나는 그 집에 가서 가족에게 이 탈무드의 이야기를 했다. 부친의 반대는 수그러들고, 결국은 아들의 소원대로 그의 애견은 뒤뜰에 묻혔다.

당나귀와 다이아몬드

어떤 유대인 여성이 백화점에서 사 온 물건을 집에 돌아와서 펴 보았다. 그런데 그 속에는 자기가 사지 않았던 물건이 들어 있었다. 그것은 대단히 값비싼 보석 반지였다. 그녀는 양복과 외투를 사 왔을 뿐이었다. 아들과 단둘이서 살고 있었던 그녀는 그렇게 생활이 넉넉한 편은 아니었으나, 자기의 어린 아들에게 그것을 이야기하고, 두 사람은 곧 랍비를 찾아가 의논했다. 그래서 나는 탈무드 이야기를 했다.

어느 랍비가 나무꾼 노릇을 하며 생계를 유지하고 있었다. 그는 산에서 시내로 언제나 나무를 나르곤 했다. 그는 왕복 시간을 단축해서 그 시간에 탈무드의 공부에 열중하기 위해 당나귀를 사기로 했다. 곧 그는 시내의 아랍인으로부터 당나귀를 샀다.

제자들은 랍비가 사 온 당나귀를 보고, 더 빠르게 산과 시내 사이를 왕복할 수 있게 된 것을 기뻐하여, 냇물에서 당나귀를 씻기 시작했다. 그러자 당나귀의 목에서 다이아몬드가 나왔다. 제자들은 이것으로 그 가난한 랍비가 나무꾼의 생활에서 벗어나 자기들을 가르칠 시간이 더 많아지게 되었다고 기뻐했다. 그런데 랍비는 시내로 돌아가서 아랍인 상인에게 다이아몬드를 되돌려 주라고 제자에게 명했다.

그러나 제자가, "선생님이 산 당나귀가 아닙니까?"라고 하자 랍비는 "나는 당나귀를 산 일은 있지만, 다이아몬드를 산 적은 없다. 내가 산 것만을 갖는 것이 정당하지 않겠느냐?" 라고 말하며 아랍인 상인을 찾아가서 다이아몬드를 돌려주었다.

상인은 반대로 "당신은 이 당나귀를 샀고, 다이아몬드는 그것에 붙어 있던 것인데, 왜 되돌려 주려고 합니까?"라고 말했다.

그러자 랍비는, "유대의 전통으로는 산 물건 이외는 우리가 가져서는 안 됩니다. 그러니 이것을 당신에게 돌려 드립니다"라고 말했다.

그 말에 상인은, “당신들의 신은 정말 훌륭한 신임이 틀림없습니다”라고 말했다.

이 이야기를 듣고 있던 그녀는, 그러면 즉시 되돌려 주러 가야겠지만 무어라고 말하며 돌려줄 것인가를 나에게 의논했다.

나는, “그 반지가 백화점의 것인지 백화점 판매원의 것인지 알 수 없지만, 만약 왜 되돌려주는가라고 물으면, 내가 유대인이기 때문이라고 하십시오. 그리고 돌려줄 때는 반드시 아들을 데리고 가십시오. 아들은 자기 어머니가 정직한 사람이라는 것을 평생 잊지 않을 것입니다”라고 말했다.

벌금의 규칙

유대인의 회사에서 유대인 사원을 고용하고 있었다. 그런데 그는 회사의 공금을 갖고 도망쳐 버렸다. 유대인 사장은 노하여 경찰에 신고하려고 했다. 그런데 회사의 간부가 내게로 와서 의논했다

"어떻게 하면 좋을까요?"

"정말, 돈을 갖고 도망쳤는지 확인해 보는 것이 좋을 겁니다. 만약 그가 도망쳤다 하더라도 경찰에 고발하여 기소(起訴)되면 틀림없이 교도소에 들어가게 될 것입니다. 이것은 유대인이 취할 방법이 아닙니다."

그가 감옥에 들어가 버리면 회사는 돈을 찾을 수가 없게 된다. 유대의 법률로서는 누군가가 돈을 훔쳤다고 한다면, 그 사람은 감옥에 가지 않고 돈을 돌려주지 않으면 안 된다.

돈을 갖고 도망친 유대인 사원을 찾아내어 이 이야기를 하자, 자기에게는 돈이 없다고 말했다. 그는 경찰에 가지 않고 방에서 재판을 받게 되었다. 감옥에 가기보다는 일을 해서 분할지급으로 돌려주기로 합의했다. 그는 횡령한 돈을 일해서 갚고, 동시에 벌금을 물도록 하여 그 벌금은 자선기금에 보태기로 했다.

유대인 사회에서는, 예컨대 A라는 사람이 백만 원을 훔쳤을 경우 랍비의 재판에 유죄가 되고, 벌금을 백십만 원을 갚으라는 판결이 내렸다면. 그 사람이 그 백십만 원을 갚은 뒤에는 전과(前科)가 없어진다. 횡령당한 쪽에서 남의 돈을 횡령했던 놈이라고 말한다면, 욕을 한 쪽이 나쁜 사람이 된다. 벌금은 대체로 20% 이상이며, 이것에는 엄밀한 규칙이 있다.

예를 들면 무엇을 훔쳤는가 하는 것에 관계되며, 그것을 써서 돈을 벌었다든가, 밤에 훔쳤는가, 낮에 훔쳤는가, 아침에 훔쳤는가, 여러 가지 경우에 따라 달라진다.

탈무드에서 말(馬)을 훔쳤을 경우 많은 벌금을 선고받는다. 말을 훔친 사람은 말을 이용해서 돈을 벌 수 있으며, 도둑맞은 쪽은 아주 곤란을 받기 때문이다. 요즘이라면 트럭이겠지만 이 경우에는 400%가량의 벌금을 물게 된다. 일반적으로 당나귀 쪽이 말보다 벌금이 적다. 말은 온순하고 훔치기 쉽기 때문이다.

훔친 사람의 입장도 참작된다. 굶주리고 있는 사람이라면 20% 정도 적은 벌금이 가해진다. 고대 이스라엘에서는 벌금이나 원금 또는, 금리(金利)를 지불하지 않게 되면 관청에 지불해야 한다.

최악의 경우는 감옥에 가게 되는데, 근본적으로 감옥에 넣어서 문제가 해결되지 않는다는 것이 유대인의 사고법이다.

태아냐 산모냐

어떤 유대인 산모가 난산(難産)으로 위독한 상태에 빠졌다. 그 남편의 요청으로 서둘러 한밤중에 병원으로 가게 되었다. 산모는 출혈이 심해서 괴로워하고 있었다. 의사가 산모의 목숨을 살리기 어렵다고 말했다. 나는 아기의 상태를 물었다. 의사는 잘 알 수 없다고 말했다. 결국 아기를 구하느냐, 산모를 구하느냐는 입장에 서게 되었다.

남편이나 산모도 아기를 매우 바라고 있었다. 산모는 자기가 죽더라도 아기는 살리고 싶다고 말했다. 여러 가지로 의논한 결과 나에게 결정이 맡겨졌다.

나는 그들에게, 내가 내리는 결정이 개인의 결정이 아닌 탈무드와 유대인의 전통이 내리는 결정이므로, 반드시 그것에 따르겠는가를 물었다. 그러자 부부는 그것이 유대인의 전

통이라면 받아들이겠다고 말했다.

나는 산모의 목숨을 살리고 아기를 희생시키기로 했다. 산모는 그것은 살인이라고 반대했다. 그러나 유대의 전통에 따르면 아기는 태어나기까지는 생명이 없다고 판단하고 있다. 따라서 태아는 산모의 일부분에 지나지 않았다.

유대의 전통에서는 그러한 때에는 반드시 어머니를 먼저 살리게 되어 있다. 그런데 그곳에 가톨릭 신부가 있다가 이 결정을 듣고는 자기의 생각은 아기를 살려야 한다고 말했다. 가톨릭에서는 아기는 잉태되는 순간부터 이미 생명이 있다고 생각한다. 가톨릭 사고법에 따르면 산모는 이미 영세를 받았기 때문에 구원되어 있으니 아기를 구원하기 위해서는 아기를 살려야 한다는 것이었다.

결국 부부는 나의 결정에 따랐고 산모는 목숨을 건졌다. 그 뒤 얼마 지나지 않아서 귀여운 아기가 태어났다.

불공정한 거래

어떤 남자가 내게로 와서 옆 상점에서 값을 부당하게 싸게 내려 자기의 손님을 뺏어 가고 있다고 호소했다. 탈무드에서는 부당 경쟁에 대해서 대단히 많은 지면을 할애하고 있는데 그때까지 탈무드에 그러한 것이 책이 있다는 것을 깨닫지 못하고 있었다. 나는 일주일간 시간을 얻어서 탈무드를 공부한 다음 결정을 내리기로 했다.

탈무드에서는 다음과 같이 가르치고 있었다.

어떤 상품을 팔고 있는 바로 이웃에 똑같은 상점을 열어 같은 물건을 팔아서는 안 된다. 그리고 두 개의 상점 중 한 상점에서 아이들에게 경품을 붙였다.

옥수수로 튀긴 팝콘은 아이들이 좋아하여 자기 어머니들

까지 데리고 와서 물건을 사게 되면 의견은 여러 가지로 나누어진다. 값을 내려 경쟁하는 것은 사는 손님의 이익이 되니 좋지 않겠는가 하는 랍비도 있다.

또 어떤 랍비는 손님을 유혹하기 위해서 값을 내리거나, 경품을 붙이는 것은 부당한 경쟁이라고 말하고 있다.

그런데 대다수 랍비의 의견으로, 그 경쟁은 불공정한 것이 아니다. 사는 손님이 이득을 얻는 일이 있으면, 그것으로 좋지 않은가 하는 것으로 되어 있다.

이튿날 다시 찾아온 그 상인에게 나는 이렇게 대답했다.

"훔친다는 행위는 명확히 금해져 있지만, 값을 어떠한 사정으로 얼마간 내리는 것은 정당한 행위입니다."

자유경쟁의 원리에서 소비자가 이득을 본다면, 그것은 바람직하다고 생각한다.

곤경 끝의 2백만 원

어느 날 두 사람의 남자가 내게로 달려왔다. 양쪽의 말을 들어보니, 한쪽 남자의 친구인 상대가 돈이 필요하다고 해서 많은 돈을 빌려주었다.

갚을 날짜가 되자, 빌려준 쪽이 5백만 원을 빌려주었다고 하는데, 빌린 쪽은 2백만 원밖에 빌리지 않았다고 주장한다는 것이다.

나는 어느 쪽이 거짓말을 하고 있는지 판단해야만 했다. 먼저 따로따로 만나 이야기를 듣고, 이번에는 두 사람을 함께 불러 세 사람이 이야기하기로 했다. 두 사람과 만나서 이튿날 아침 다시 한 번 여기에 오면, 그때까지 결정할 것이라고 말했다. 두 사람이 돌아간 뒤, 나는 서재에 있는 여러 가지 책을 펼쳐 보았다.

5백만 원을 빌려주었다고 주장하는 사람과 2백만 원밖에 빌리지 않았다고 주장하는 사람이 어떤 심리 상태에 있는가를 연구했다. 물론 증서가 있으면 문제가 없겠지만, 유대인의 사회에서는 친구들끼리 돈을 빌려주고 빌리고 할 때는 증서를 만들지 않는 것이 관례이다.

어떻든 나는 2백만 원밖에 빌리지 않았다는 남자는 차라리 한 푼도 빌린 적이 없다고 주장하여도 결국 결과는 마찬가지가 아닐까 하는 생각이 들었다. 그러나 5백만 원을 빌려주지 않았는데도 5백만 원을 빌려주었다고 주장하는 것은 어쩐지 의아스럽게 생각되었다. 그런데 탈무드에는 이런 가르침이 있었다.

거짓말쟁이가 거짓말을 할 때는 철저하게 거짓말을 한다. 그러나 만약에 어떤 사람이 거짓말일망정 자기에게 불리한 일을 조금이라도 말할 경우, 그가 말하는 것은 믿기 쉽다. 그에게는 얼마간의 정직함이 있기 때문이다. 당사자가 두 사람 모이면 거짓말하는 정도가 가볍게 된다.

그래서 나는 5백만 원을 기일에는 틀림없이 갚을 수 있다고 생각하였는데 당장 기일이 되어서 2백만 원밖에 없었을 경우, 2백만 원밖에 빌리지 않았다고 주장하는 일이 있을 수

있다고 생각했다.

그러나 또 5백만 원을 빌려주었다는 쪽도 5백만 원을 빌려주었다고 잘못 기억하여 주장하고 있을지도 모른다고 생각했다. 그래서 5백만 원을 당신에게 빌려준 사람은 부자이므로, 별로 돈이 필요할 까닭은 없다.

만약 당신한테 제삼자가 이스라엘에 돌아가야 한다든가, 어떤 이유로 갑자기 돈이 필요해서 빌리러 왔을 때, 당신에게 옛 부채를 깨끗이 갚지 않았다고 한다면 그는 결코 돈을 빌려주지 않았을 것이다. 유대인 사이에서는 돈은 항상 돌고 있지 않으면 안 된다.

당신은 "2백만 원밖에 빌리지 않았다고 주장하겠는가" 하고 말하자, "그렇다!"라고 말한다. 그래서 나는 "예배소에 가서 성서에 손을 얹고, 2백만 원밖에 빌리지 않았다고 선서할 수 있겠는가"라고 하자, 그는 갑자기 "죄송하게 되었습니다. 사실은 5백만 원을 빌렸다"라고 실토하는 것이었다.

이것은 다른 나라 사람들은 상상할 수 없을지 모르지만 유대인에 있어서 예배소에서 구약성서에 손을 얹고 선서한다는 것은 대단히 중요한 일이다.

구약성서에 손을 얹고 거짓말을 하는 사람은 직업적인 범

죄자 이외에는 없다. 그 대신에 성서라는 것은 귀중한 것이므로 여간 중대한 일이 아니면 사용하지 않는데, 성서에 손을 얹으면 99.89%의 인간은 절대로 거짓말을 하지 않는다.

그만큼 선서라는 것은 중대한 것으로 매우 두려워하고 있다. 미국이나 유럽의 그리스도교의 법정에서 성서에 손을 올려 선서하는 풍습도 여기에서 비롯된 것이다.

단 한 개의 구멍

어떤 남자가 회사에서 일하고 있었다. 그런데 자기는 부당한 대우를 받고 있다고 생각하여 회사에 불만을 말할 권리가 있다고 생각하게 되었다.

"나는 경영자로부터 명예를 상처 입었으므로 그를 위해서 일할 필요가 없게 되었다. 퇴직금이나 받고 그만두고 싶다"라고 말하기 시작했다. 그러자 경영자 쪽에서는, "그는 별로 일도 하지 않았을뿐더러 마침 해고하려던 참인데, 퇴직금이라니 당치도 않다"라고 답했다.

이 말에 화가 난 그는 회사 금고에서 돈과 서류를 갖고 외국으로 도망쳤다. 어디로 갔는지 전혀 알 수가 없었다.

그런지 1개월 후에 그가 외국의 어떤 도시를 걷고 있는 것을 다른 사람이 보게 되었다. 경영자는 내게 비행기 표를 갖고 와서, "이걸로 그에게로 가서 이야기 좀 해 주시오"라고 부탁했다.

꽤 먼 곳이어서, 나는 비행기를 타고 가기로 했다. 도착해서 이틀이 지나서야 겨우 그를 찾아낼 수가 있었다.

나는 그와 3일가량 이야기를 나누고 내가 왜 여기에 왔는가를 설명했다. 사소한 문제는 내게 관심이 없었다. 그것은 법률문제로 처리할 수 있다. 나로서는 두 유대인의 일을 상대로 하고 있었다. 두 사람의 유대인이 서로 다투는 것은 허용되지 않는다.

나는 탈무드를 인용하여, "유대인은 서로 가족이며 형제지간이오. 우리는 또 다른 외국인과 상대하고 있으므로, 유대인끼리는 평화롭게 일을 해결하지 않으면 안 됩니다"라고 이야기했다.

그는 자기의 행동이 옳다는 것을 증명하려고, "내가 하는 것은 모두 내 자유입니다!"라고 말했다. 그래서 나는, "아마 당신은 옳을 것입니다. 나로서는 알 수 없지만, 혹시 당신의 변명이 옳을지도 모릅니다. 그러나 자기 마음대로 행동하는 것은 허용할 수 없습니다"라며, 탈무드의 이야기를 들려주었다.

많은 사람이 배를 타고 항해하고 있었다. 어떤 사나이가 자기가 앉아 있는 배 바닥에 끌로 구멍을 만들고 있었다. 사람들이 놀라서 아우성을 쳤을 때 그는, “여기는 내 자리이므로 내가 무엇을 하든 자유이다”라고 태연하게 말했다. 얼마 지나지 않아 모두가 물에 가라앉아 버렸다.

한 사람의 유대인이 회사의 돈과 서류를 가지고 사라져 버렸다. 주위의 사람들이 뭐라고 할 것인가. 유대인은 훌륭한 사람들이라고 말할 것인가. 그럴 리가 없다. 이것은 유대인 전체의 불명예가 된다.

그는 마침내 내 이야기를 이해하고, “당신이 올바르게 결정하는 것이라면, 그것에 따르겠소”라고 말하며 그가 꺼내온 돈과 기밀 서류를 나에게 맡겼다.

나는 돌아가서 경영자와 만나 이야기하고 최종적인 해결을 보게 되었다. 물론 그의 변명이 옳다면, 가지고 왔던 돈과 서류를 그에게 돌려주려고 생각하고 있었다. 그래서 여러 가지로 이야기한 결과 사원이 바라고 있던 만큼은 되지 않았지만 어느 정도의 퇴직금도 받게 되어 일은 원만하게 해결되었다.

진실과 거짓

많은 사람들이 나에게 여러 가지 문제를 갖고 와서 그것을 해결해 달라고 부탁한다. 이와 같은 문제의 수는 백만 통이나 되는 데도 단 한 가지도 같은 것은 없다.

한 가지 공통된 것은 누가 거짓말을 하고 있는지, 그렇지 않으면 자기가 거짓말이라는 것을 모르고 말하고 있는 것인지, 그것을 어떻게 가려내면 좋으냐는 것이다. 무엇이 진실이며 무엇이 거짓인지 가려내는 일은 대단히 어렵다. 탈무드에서는 진실과 거짓을 가려내는 법을 가르치고 있다.

솔로몬 왕은 매우 현명한 사람으로 알려져 있었다. 어느 날 두 여자가 한 아이를 데리고 와서 서로 자기 아이라고 다투어 결국 솔로몬 왕에게 재판을 받으러 왔다. 참고로 유대의 왕은 무사나 정치가가 아닌 랍비이다. 유대 사회에서는

어느 쪽의 소유인지 알 수가 없을 때는 공평하게 둘로 나누는 것이 통상의 관례였다.

솔로몬 왕도 여러 가지 사실을 조사한 결과 누구의 아이인지 알 수가 없었다. 그래서 왕은 이 아기를 반으로 잘라 나누도록 명했다.

그러자 한쪽 어머니는 갑자기 미친 듯이 울부짖으며, 그렇게 하려거든 그 아이를 저쪽 여자에게 넘겨주라고 외치는 것이었다. 그 광경을 보고 솔로몬 왕은, "너야말로 진짜 어머니다!"라고 말하며 아이를 넘겨주었다.

부부에게 두 아이가 있었다. 둘 다 사내아이였는데, 한쪽 아이는 어머니가 딴 남자와 불륜 관계를 맺어서 태어난 아이였다.

남편은 어느 날 아내가 어떤 사람에게 두 아이 중 하나는 아버지가 다르다고 이야기하는 것을 듣게 되었다. 그러나 남편으로서 어느 쪽이 자기 아이인지 가려낼 수가 없었다.

그 뒤 남편이 큰 병에 걸렸다. 그는 죽음을 예감하고 자기의 피를 이어받은 아들에게 전 재산을 주겠다고 유서를 썼다. 그가 죽자, 그 유서는 랍비의 손에 넘어가게 되었다. 랍비는 아버지의 피를 이은 아이를 가려내야만 했다.

랍비는 두 아들을 불러서 아버지가 자기의 무덤을 막대로 치는 자식에게 유산을 준다고 하였다며 힘껏 막대기로 아버지의 무덤을 치라고 말했다.

그러자 한쪽 아들은 "나는 도저히 부친의 무덤을 모욕할 수 없습니다"라며 울었다. 랍비는 그 무덤을 치지 못했던 쪽이 진짜 아들일 것이라는 판단을 내렸다.

새로운 약(藥)

친구가 중병에 걸려 새로운 약을 먹지 않으면 병이 낫지 않는 상태에까지 이르게 되었다. 그런데 그 약은 좀처럼 구하기 힘든 것이었다. 수요가 너무 많아서 생산이 따라가지 못했기 때문이었다.

그 가족이 내게로 와서, 당신은 교수라든가 훌륭한 의사들을 많이 알고 계시니 어떻게 하든 그 약을 구해줄 수 없겠느냐고 부탁했다. 나는 몇 사람의 의사 친구에게 이야기해서 병든 친구를 살려줄 수 없겠느냐고 부탁했다.

"만약 그 약을 당신 친구에게 주게 되면 다른 사람이 약을 구하지 못하게 됩니다. 그 때문에 구하지 못한 사람은 죽을지도 모릅니다. 그렇게 해서라도 당신은 내게 그 약을 계속 부탁하겠습니까?"

나는 잠깐 생각할 여유를 달라고 하고 탈무드를 펼쳐 보았다. 가령 다른 사람을 죽이고 대신 자기 목숨이 살 수 있게 된다면 어떻게 할 것인가? 만약 그 사람을 자기가 죽이지 않으면 자기가 죽게 될 경우 어떻게 하겠는가?

결론은 자기의 목숨을 구하기 위해 다른 사람을 죽여서는 안 된다. 어떻게 자기의 피가 상대방의 피보다 붉다고 말할 수 있단 말인가. 어떤 인간의 피도 다른 인간의 피보다 더 붉다고는 할 수 없다.

나는 이 경우를 적용시켜 보면, 내 친구가 그 약을 구하지 못했기 때문에 죽을지도 모를 사람의 피보다 더 붉다고는 말할 수 없었다. 결국 나는 그 약을 얻지 않기로 했다. 탈무드에 충실해지고 싶었기 때문이다.

세 경영자

두 사람의 공동 경영자가 있었다. 무(無)에서 출발하여 작은 임대 빌딩을 만들고, 그 후 모든 사람들이 인정하는 사업가가 되었다. 두 사람 모두 경험은 없었지만 매우 성실했기 때문에 사업은 번창하여 대단한 성공을 거두었다. 자신들도 놀라울 정도로 성공하고 있는 것을 새삼스레 느끼게 되었다.

두 사람의 공동 경영자 사이에는 아무런 계약도 없었기 때문에 아이들의 대(代)에 이르러서는 문제가 생기지 않도록 계약서를 만들기로 했다.

그런데 계약이 끝나자, 이 두 사람은 사사건건 반목하게 되었다. 사실 계약서를 만들 때부터 의견 충돌은 있었다. 그것은 '너는 공장의 책임자이고, 나는 본사의 책임자라는 사소한 것까지 규정하려고 했으므로 서로 상대가 자기보다 유리한 조건을 취하려고 한다'고 생각한 것이다.

사업이 시작되어 성공하기까지 아무런 다툼도 없었던 만큼 두 사람은 이 문제를 놓고 나에게 의논하러 왔다. 이것은 어느 쪽이 옳고 그름의 문제가 아닌 만큼, 나로서도 간단히 결론을 내리지 못했다.

"내가 만들지 않았더라면 이 회사는 없었을 것이다."

"내가 팔지 않았더라면 이 회사가 이렇게 번창할 수 없었을 것이다."

한 사람은 영업이고, 또 한 사람은 생산으로 나누어 서로 다투고 있었다. 나는 자신은 없었지만 이런 대답을 했다.

"두 사람이 다투기 전까지는 비즈니스는 아주 잘 되어 갔습니다. 이제 두 사람이 서로 반목(反木)하여 회사가 무너지게 되다니 어리석은 짓입니다."

이대로는 서로 순조로이 비즈니스를 계속해 갈 수 없을 것 같았기 때문에 무언가 해결책이 필요했다. 나는 탈무드를 펼쳐 보고 다음과 같은 간단한 말을 찾아냈다.

한 생명이 태어날 때 그 아이의 생명은 아버지와 어머니와 그리고 하느님에 의해서 생명이 주어졌다. 또 성장함에 따라 그 아이에게 생명을 부여하는 사람이 또 하나 생기는데 그것은 교사이다.

"당신 회사의 경영자는 누구와 누구이지요?"

두 사람에게 묻자, 자신들이라고 대답했다.

나는 말했다.

"그렇다면 하느님도 경영진에 참가시키면 어떨까요? 어떻게든 전 우주의 사업에 하느님은 참가하고 있습니다. 서로 자기 쪽이 잘했다고 주장하지 말고, 모든 우주의 활동은 하느님의 행위이므로 하느님을 사장으로 해도 되지 않겠소?"

그때까지는 두 사람이 공동대표자여서, 이 회사에는 사장이 없었다. 그러니 서로 사장이 되고 싶어 했다.

"이 회사는 당신들의 회사인 것은 물론이지만, 동시에 하느님의 회사이기도 하지요. 당신들은 유대인을 위해 일하고 있고, 당신들의 회사는 이 나라를 위해서도 일하고 있으므로 자기의 것이라는 의식을 너무 강하게 갖지 말고, 당신들은 하나의 의무를 다하고 있는 것이라고 생각한다면, 어느 쪽이 사장이 된다는 것은 하찮은 일이라는 것을 깨닫게 될 것입니다. 영업 담당은 영업을 하고 공장 담당자는 공장을 맡도록 하

면 됩니다."

그로부터 이 회사는 아주 잘되어 갔다. 이익의 일부를 자선사업에 희사하기도 했고, 두 사람의 의기가 투합해 사장 자리에 연연해 하지 않고 회사 일에만 열중할 수 있게 되었다.

보트의 구멍

어느 회사에서나 가끔 종업원을 해고시키는 경우가 있다. 이것만큼 언짢은 일은 없으며, 이것이 때로는 큰 사회문제로 발전하기도 한다.

어떤 유대인의 회사에는 많은 유대인 종업원을 채용하고 있었다. 이 경우 유대인 종업원을 해고시키기는 매우 어렵다. 그 종업원에게는 아내와 아이들이 딸려 있을뿐더러 특히 유대인의 경우에는 다른 직업을 얻기가 힘들기 때문이다. 특히 외국인으로 살고 있는 유대인이라면 타국에서 살기는 매우 힘들다. 외국인에게 주어지는 직장은 적고, 또 다른 나라로 옮겨 가거나 모국에 돌아가려 해도 이것 역시 돈이 많이 든다.

그래서 나는 종업원이 해고되지 않도록 애쓰고 있다. 만약 그가 직업을 잃으면, 자기 가족으로부터 위신을 잃게 되고, 비참하게 될 뿐만 아니라, 그러한 경우에 유대인 사회가 공동으로 부양하게 되므로 모두의 부담이 되기 때문이다. 거기다 본래부터 유대인은 동정심이 많으므로 실제로 사람을 해고시키는 일은 극히 드물다.

그 드문 경우가 어느 날 생겼다. 어떤 고용주가 내게 의논을 하러 왔다.

"나는 종업원을 해고시켜야 하는데, 그는 내가 해고시키지 않더라도 결국 해고될 것입니다. 일을 계속 시켜도 아무것도 할 수 없는 바보 같은 녀석일뿐더러 딴 직장에 가더라도 마찬가지일 것입니다. 그러나 내가 이렇게 말은 해도 사실은 그를 해고시키고 싶지 않습니다. 그를 해고시키지 않아도 될 구실이 없는지, 랍비인 당신에게서 듣고 싶습니다"라는 것이었다. 나는 그에게 탈무드의 한 구절을 이야기했다.

어떤 사나이가 작은 보트를 갖고 있었다. 그는 여름이 되면, 가족을 태우고 호수로 나가 물고기를 낚거나 하면서 휴식을 취하곤 했다.

여름이 지나서 그는 배를 간수하려고 육지에 끌어 올렸을

때, 배 바닥에 작은 구멍이 나 있는 것을 알게 되었다. 아주 작은 구멍이었기 때문에, 그는 겨울 동안은 육지에 올려두고 내년에 보트를 사용할 때에 고치면 되리라는 생각에 그대로 놓아두었다. 그리고 겨울 동안에 보트에 페인트칠을 다시 했다.

이듬해 봄은 일찍 찾아왔다. 그의 두 아이는 즉시 보트를 호수로 저어 나가려고 했다. 그는 배에 구멍이 뚫려 있는 것을 깜박 잊어버리고 아이들이 배를 호수에 띄우는 것을 허락했다. 두 시간가량 지난 후, 그는 배에 구멍이 뚫려 있었다는 생각이 되살아났다. 또한 아이들이 수영을 하지 못하는 것도 알고 있었다.

그는 당황하여 사람들에게 도움을 청하려고 뛰쳐나갔을 때, 배를 끌고 돌아오는 두 아이와 마주쳤다. 그는 두 아이를 끌어안고 배를 살펴보았다. 누군가가 배의 구멍을 고쳐 놓은 것을 알았다. 그는 페인트칠을 한 사람이 배를 고쳐준 것임을 알고 선물을 갖고 그에게 인사를 하러 갔다.

"내가 배를 칠했을 때에 이미 대금을 받았는데 어째서 이런 선물을 주십니까?"

"배에 작은 구멍이 뚫려 있는 것을 당신이 고쳐 주지 않았습니까? 나도 물론 올해 배를 사용하기 전에 고치려고 생각은 했지만, 그것을 깜박 잊고 있었습니다. 당신은 내가 구멍을 막아 달라고 부탁하지 않았는데도 말끔히 고쳐 주었습니다. 당신이 고쳐준 덕택으로 아이들의 생명을 살릴 수 있었습니다."

아무리 하찮은 일이라도 그것이 다른 사람에게는 얼마나 크게 작용하는지 안다는 것은 보통 사람으로서는 좀처럼 깨닫기 힘든 일이다.

나는 고용주에게 이렇게 이야기하고, 다시 한번 그에게 기회를 주도록 부탁을 했다.

축복의 말

나와 의사와 환자, 세 사람이 어떤 병실에 같이 있었다. 환자는 중상이어서 내출혈로 괴로워하고 있었다. 주위는 지독한 냄새로 가득 차 있었고, 환자는 의식불명이었다. 의사는 그의 목숨을 살리려 무척 애를 쓰고 있었다. 대량의 수혈이 필요했고 수혈을 멈추면 그는 죽게 될 상태였다. 의사는 절망적인 표정을 짓고 있었다.

의사는 나에게, "도대체 당신은 무엇을 생각하고 있습니까?"라고 물었다.

나는, "지금 생사(生死)에 대해서는 생각하고 있지 않습니다. 가느다란 혈관이 귀중한 붉은 액체를 흘려냄으로써 한 사람이 위태롭다는 것을 생각하고 있습니다"라고 말했다.

마침내 수혈이 멎었고 환자는 죽었다. 의사는 아주 지쳐

버린 모습으로 내게 구원을 청했다. 나는 의사에게 탈무드의 이야기를 했다.

유대인은 임금님과 만나거나, 식사를 하거나, 해돋이를 보거나, 모든 때에 일행에게 축복의 말을 한다. 예컨대 화장실에 갈 때도 축복의 말이 있다.

의사가 물었다.

"당신은 화장실에 갈 때 뭐라고 말합니까?"

내가 대답했다.

"몸은 뼈나 살 이외에 여러 가지 부분으로 이루어져 있습니다. 그러나 몸속에 갇혀 있어야 할 것은 갇혀 있고, 열려 있어야 할 것은 열려 있어야 합니다. 이것이 반대가 되면 아주 곤란하지요. 언제나 열릴 곳은 열리고 닫힐 곳은 닫혀 있게 해달라고 기도합니다."

그러자 의사는, "그 기도의 문구는 해부학에 정통하고 있는 사람의 말과 똑같습니다"라고 말했다.

왜 우는가?

어느 외국의 수도에 사는 유대인 중 매우 평판이 좋고, 자선심이 많으며, 예의 바른 남자가 있었다. 그러나 그는 유대인 사회에서는 조금도 활동을 하고 있지 않았다.

어느 날 호텔에서 그와 함께 식사를 하게 되었다. 유대인 사이에서는 장사를 하는 사람과 만나면, "당신 일은 어떻습니까? 잘되어 갑니까?"라는 질문을 하고 랍비에 대해서는, "무슨 재미있는 책을 읽었습니까?"라든가, "요사이 무언가 재미있는 일을 생각해 내셨습니까?"라는 투로 묻는 습관이 있다.

배우는 것을 직업으로 하는 랍비는 항상 무언가 이야기를 할 수 있도록 주머니 속에 여러 가지 이야기를 채워 넣고 있는 법이다. 과연 그는 최근에 재미있는 책을 읽었느냐고 물

었다. 그래서 나는, "최근 탈무드에서 아주 재미있는 이야기를 찾아내었습니다. 당신도 탈무드를 배울 때 그 부분을 읽어 보시지요?"라고 이야기를 했다.

매우 뛰어난 랍비 한 명이 있었다. 그는 사람들로부터 존경받고 행동도 고결하고 친절하며, 자애심도 깊었다. 심성이 자상함과 동시에 하느님을 깊이 공경하고 있었다. 개미 한 마리 밟지 않도록 걸었고, 하느님이 만든 물건을 깨뜨리지 않도록 신중하게 생활하고 있었다.

그는 제자들로부터도 사랑을 받고 있었다. 80세가 지난 어느 날, 육체가 별안간 쇠약해져 가는 것이 눈에 띄면서 갑자기 나이를 먹어 버린 것 같았다. 물론 그도 자기에게 죽을 때가 다가왔음을 깨달았다.

많은 제자들이 모였을 때, 그는 울기 시작했다. 그 모습에 제자들이 물었다.

"선생님, 왜 우십니까?"

"선생님은 공부할 것을 한시라도 잊은 날이 있었습니까? 무심히 가르친 적이 하루라도 있었습니까? 자선을 베풀지 않았던 날이 하루라도 있었습니까? 선생님은 이 나라에서 가장 존경받고 있는 사람입니다. 하느님을 깊이 공경하고 있었던 것도 선생님입니다. 게다가 선생님은 정치와 같은 더러운 세계에는 한 번도 발을 담근 일이 없지 않았습니까? 선생님이 울 만한 일은 없을 것입니다."

그러자 랍비가 말했다.

"그러기 때문에 울고 있는 것이야. 나는 죽는 순간에 자신에게 '너는 공부했는가?', '너는 하느님에게 기도했는가?', '너는 자선을 베풀었는가?', '너는 올바른 행동을 해왔는가?'라고 물으면 전부 '네'라고 말할 수 있지. 그러나 '일반적인 인간생활에 어울려 본 적이 있는가?'라고 물으면 '아니오'라고 밖에는 대답 못 하지. 그래서 나는 울고 있는 것이다."

나는 자기의 일로는 성공하고 있는 데도 유대인 사회에 얼굴을 내밀지 않으려고 하는 이 유대인에게, 이 탈무드의 이야기를 해서 당신도 유대인 사회생활에 참여하는 것이 좋지 않은가 하고 권유했다.

어떤 농장

자선 행위로 돈을 어딘가에 기부하면 사람들은 일반적으로 자기의 돈을 잃었다고 생각하기 쉬운데 실제로는 다르다. 돈을 주게 되면 그만큼 들어오게 되는 것이다. 자선사업에 돈을 쓰면 쓸수록 돈은 다시 당신 쪽으로 돌아온다는 이야기를 할 때는 다음과 같은 탈무드의 이야기를 인용하게 된다.

어느 곳에 큰 농장이 있었다. 그 주인은 예루살렘 근처에서 가장 자선심이 많은 농부라고 전해지고 있었다. 해마다 랍비들이 그의 집을 방문하면, 그는 랍비에게 아낌없이 자선을 베풀었다.

그러나 어느 해 폭풍우로 과수원이 모조리 파괴되었고 전염병이 퍼져 그가 키우고 있던 양과 소와 말들이 모두 죽었다. 이것을 본 채권자들은 그에게로 몰려들어 재산을 전부 압류해 버려서 그에게는 조그만 땅밖에 남지 않았다.

그러나 그는, "하느님이 주시고, 하느님이 다시 거둬 가신 것이니 할 수 없지 않은가!" 하고 담담히 받아들였다.

그 해에도 그전과 같이 랍비가 찾아왔다. 랍비들은 이렇게 몰락해 버렸음을 알고 그를 동정했다.

농장주의 아내는 남편에게 "우리들은 언제나 랍비들에게 학교를 세우거나 예배소를 유지하거나 가난한 사람이나 노인들을 위해서 그만큼 헌금했는데 올해는 아무것도 드리지 못한다면 대단히 부끄러운 일입니다"라고 말했다.

부부는 랍비들을 빈손으로 돌아가게 할 수는 없다고 생각했다. 그래서 마지막으로 남아 있는 작은 땅의 반을 팔아서 그것을 랍비들에게 헌금하고, 그 대신 남은 땅으로 더욱 부지런히 일해서 메우려 생각했다. 랍비들은 뜻밖의 헌금을 얻고는 매우 놀랐다.

부부는 반만 남아 있던 땅을 일구고 있자, 농사에 사용하고 있던 소가 쓰러져 버렸다. 그런데 흙탕물에 빠져 있던 소를 끌어내 보니, 소의 발밑

에서 보물이 나왔다. 그 보물을 내다 팔아서 그들은 다시 커다란 농장을 경영할 수가 있었다.

이듬해 다시 랍비들이 돌아왔다. 그들은 아직도 그 농부가 가난한 생활을 계속하고 있을 것으로 생각하여, 조그만 옛날의 땅으로 찾아갔다.

그런데 그의 이웃 사람들이, "그는 이제 여기에 살고 있지 않습니다. 저쪽의 큰집에서 살고 있습니다"라고 말해, 랍비들이 그곳을 찾아가자, 농장주는 1년 동안에 자기에게 일어났던 일을 설명하고 아낌없이 자선을 베풀다 보면 반드시 되돌아온다고 말했다.

나는 헌금을 모으기 위해서 이 이야기를 몇 번이나 여러 곳에서 말했다. 그 결과 언제나 성공하고 있다.

중국과 사자

언젠가 나는 중국에서 일본으로 건너왔다는 한 유대인을 만나 이야기를 나눈 일이 있다.

대개 이러한 유대인들은 네 가지 유형으로 나눌 수 있다.

중국 편으로 일본을 싫어한다든가, 일본 편으로 중국을 싫어한다든가, 중국도 일본도 좋아한다든가 중국과 일본이 다 나쁘다는 네 가지 타입의 사람이 있게 마련인데, 이 유대인은 일본이 상해를 점령했을 때 유대인을 학대했다고 해서 일본을 좋게 생각하고 있지 않았다.

일본이 중국을 점령하고 있을 때, 유대인은 특별 거주구역이 지정되어 갇혀서 일본의 경비병에 의해서 감시되고 있었다. 유대인은 자주 구타당했고, 전염병이 발생하여 많은 사람이 죽거나, 식량 사정이 나빴기 때문에 전시 중 상당히 괴

로운 추억을 가진 사람들이 많았다.

그래서 나는, "유럽에서는 6백만 명의 유대인들이 살해되었습니다. 전시 중에 유럽에 있었던 유대인만큼 비참한 사람들도 없었죠. 1970년 현재 당신은 일본에서 나에게 상해 시절의 괴로웠던 이야기를 하고 있는데, 이것은 당신이 살아 있다는 증거가 아닙니까? 탈무드에는 이런 이야기가 있습니다"라며, 나는 뼈가 목구멍에 걸린 사자 이야기를 했다.

사자의 목구멍에 뼈가 걸렸다. 누구라도 자기 목구멍에서 뼈를 꺼낼 수 있는 자에게 큰상을 주겠다고 사자가 말했다. 그때 한 마리의 황새가 날아와서 그 사자를 살려주겠다고 말하며, 사자의 입을 크게 벌리게 했다.

황새는 머리를 사자의 입속으로 밀어 넣고 긴 주둥이를 이용하여 뼈를 쉽게 꺼냈다. 그리고 난 뒤, "사자님! 당신은 어떤 상을 주시겠습니까?"라고 말했다.

사자는 황새가 묻는 말투에 화가 났다.

사자는, "내 입안에 머리를 들여 넣고도 살아나올 수 있었다는 것이 바로 상이다. 그렇게 위험한 지경이 되어서도 살아서 돌아갔다는 것이 자랑이 될 것이니, 그 이상은 없다"라고 말했다.

중국에서 혹독한 고통을 받았다고 해서, 그런 것으로 불만을 말해서는 안 된다는 결론이었다.

'진실'이라는 말

히브리어의 알파벳을 아이들에게 가르칠 때는 하나하나의 알파벳에 의미를 지니게 하고 있다. 히브리어에서 '진실'이라는 말은 최초의 히브리어의 알파벳과 최후의 알파벳의 문자와 꼭 중간의 문자로 쓰고 있다.

왜냐하면, 진실이라는 것은 유대인에게 있어서는 왼쪽 것도 올바르고 오른쪽 것도 올바르며, 한가운데도 역시 올바르다는 것을 아이들에게 가르치고 있다.

죄

인간은 누구나 죄를 범한다. 그래서 유대인들의 가르침에는 동양의 도덕에 있는 것처럼 엄하고 긴장된 분위기는 없다. 유대인은 죄를 범해도 역시 유대인이다.

유대인의 죄의 관념은 예를 들면, 화살을 표적에 맞추는 능력이 있음에도 맞추지 못한 것과 마찬가지로 본래는 죄를 범할 리가 없는데도 드물게 범해 버렸다고 말할 뿐이다.

유대인이 죄의 용서를 빌 때는, '나'라고 하지 않는다. 반드시 '우리'라고 말한다. 자기 혼자서 범한 죄라 할지라도 반드시 사람들이 같이 범했다는 투로 생각한다. 유대인은 하나의 큰 가족이라고 생각하고 있기 때문에 자기가 죄를 범하여도 유대인 전원이 죄를 범한 것이 된다.

아무리 자기가 물건을 훔치지 않았더라도, 훔치는 행위가 존재한다는 자체만으로도, 하느님에게 용서를 빌어야 한다.

그것은 각자의 자선이 모자랐기 때문에 누군가 딴 사람이 훔쳤다고 보기 때문이다.

손(手)

인간은 태어날 때는 손을 쥐고 태어나지만, 죽을 때는 손을 펴고 죽는다.

왜 그럴까?

태어날 때의 사람은 세상의 모든 것을 붙잡으려고 하기 때문이며 죽을 때는 모두 뒤에 남은 사람에게 주어서, 아무것도 가지고 가지 않는다는 것이다.

거룩한 것

이것은 영어에 없는 개념인데, 유대 사회에서 인간에게는 동물에서부터 천사에 이르기까지 몇 겹의 폭이 있으며, 천사에 가까워짐에 따라 거룩한 것에 가까워져 간다는 관념이 있다.

"거룩한 것이 무엇인가?"라고 랍비가 학생들에게 묻자 하느님을 위해 목숨을 버리는 것, 항상 기도하는 것 등 갖가지 대답을 했다. 그러나 랍비는, "그 답은 무엇을 먹을 것인가와 네가 어떻게 야다(성)를 행하는가에 있다"라고 말했다.

학생들은 떠들기 시작하며, "돼지고기를 먹지 않는다든가, 어떤 때에 성관계를 하지 않는다든가, 그러한 일이 거룩한 것입니까?"라고 물었다.

이유는 이러하다.

안식일을 지킨다는 것은 누구나 알 수 있는 일이다. 하느님을 위해 죽는다는 것도 대번에 알 수 있다. 그러나 당신이 자기 집에서 무엇을 먹고, 무엇을 하고 있는가를 다른 사람은 알 수가 없다.

개인의 집을 방문하거나 또 도시로 나갔을 때 유대인이 모두가 지키고 있는 계율을 중히 여긴 식사를 해도, 자기 집에 돌아가면 다른 것을 먹을지도 모른다.

또 성적(性的)인 행위도 남이 보고 있는 것이 아니다. 그러므로 집에서 식사하고 있을 때와 성적 행위를 하고 있을 때는 인간이 동물과 천사 사이의 어디에나 있을 수가 있다. 이때 자기를 높일 수 있는 사람이 진정 거룩한 것이다.

증오

오랫동안 유대인은 박해받고 죽임을 당한 역사를 갖고 있으나, 증오를 이야기한 문학서나 문헌은 하나도 존재하고 있지 않다. 그 까닭은 유대인은 격한 증오를 품지 못하는 인간이기 때문이다.

나치에 의해서 몇백만이라는 사람들이 학살되었으나, 반(反)독일 또는 독일인을 저주하는 서적은 하나도 찾아볼 수 없다. 이스라엘인은 아랍인과 전쟁은 하나, 증오하지는 않는다. 그리스도 교도로부터 박해를 받고 있으나, 그리스도 교도를 증오하는 일은 없다.

따라서 샤일록이 증오에 불타서, "만약 당신이 돈을 갚지 않으면 일 파운드 살을, 특히 심장을 도려내어 갚아라!"라고 한 이야기(베니스의 상인)는 가공적(架空的)인 것이어서 현실의 유대인에게는 일어날 수 없는 일이다.

베드로가 바울에 관해서 이야기하는 것은 바울이 어떠한 인물인가 하는 것보다도 베드로가 어떠한 인물인가 하는 것을 이야기하고 있음에 지나지 않는다. 그와 마찬가지로 셰익스피어는 그리스도 교도였으므로 이것은 그리스도 교도의 사고방식을 잘 나타내고 있는 것이지, 유대인과는 전혀 관계가 없다.

만약 유대인이 교활하고, 잔인하고, 욕심이 많고, 부정직하고, 사람에 대해 증오에 불타고 있다고 한다면 왜 가톨릭 협회가 자금이 필요로 했을 때, 같은 그리스도 교도에게로 가지 않고, 유대인한테로 오는 것일까. 이것은 유대인이 가장 동정심이 많고, 가장 정직하며, 가장 신뢰할 수 있는 사람이기 때문이다. 유대인은 항상 마음이 따뜻한 사람으로 알려졌다. 유대인에게 슬픈 이야기를 하면, 틀림없이 동정해 줄 것이다.

유대인은 돈을 빼앗겨도 절대로 그것을 벌하려고 하지 않는다. 어디까지나 유대인은 상대를 벌하기보다는 돈을 되찾는 데 관심이 있다. 그러므로 돈 대신에 자동차를 잡거나 시계를 잡거나 하지 팔이나 심장 따위를 잡지는 않을 것이다.

그것은 쓸모가 없다는 것을 잘 알고 있기 때문이다.

탈무드에서는 인간은 모두 한 가족이며 하나의 커다란 부분이므로 예컨대 자기가 오른손을 써서 무엇을 만들다가 왼손을 잘라 냈다고 해서, 왼손이 앙갚음으로 오른손을 잘라내는 일은 하지 말라고 씌어 있다

탈무드 시대에 대금업자(貸金業者)라는 것은 유대인 사이에서는 존재하지 않았다. 그 당시의 유대 사회는 농경사회였으며 대단히 가난한 사회였기 때문이다. 그러므로 셰익스피어의 작품을 읽을 때는 먼저 그리스도 교도가 얼마나 유대인을 증오하고 멸시했는가를 알지 않으면 안 된다.

그리스도교 사이에서는 금전에 대한 멸시가 있다. 특히 신약성서 중에서는 예루살렘의 환전상(換錢商)은 유대인들이 거의 독점하고 있다고 되어 있다. 그러나 외국의 비행장에 도착해서 만약 환전소가 없다고 한다면 외국인은 결코 그 나라에서 한순간도 생활하지를 못할 것이다.

유대인은 예루살렘에는 일 년에 3회쯤 오게 되어 있었으므로, 거기서 자기가 갖고 있던 시리아의 돈이라든가, 바빌로니아의 돈이라든가, 그리스의 돈을 바꿔 사용하지 않으면

안 되었다. 신약성서에서는 돈이라는 것은 악이라고 말하고 있는데, 유대인은 한 번도 돈이 나쁜 것이라고 생각한 일이 없다.

만약 누군가가 어떤 사람에게 돈을 빌렸을 경우, 돈을 빌려준 쪽은 자기가 빌려준 돈이 돌아올 것을 보증받지 않으면 안 된다. 그런데 탈무드에 의하면 돈을 빌려주고 담보를 잡았을 경우, 그것이 두 개 이상 없으면 그것을 자기 것으로 할 수 없게 되어 있다.

예를 들면 의복을 담보했을 경우, 그가 그것밖에 갖고 있지 않다면, 그것을 자기 것으로 할 수 없다. 접시를 담보로 했을 경우도, 그것이 하나밖에 없으면 소유권을 바꿀 수가 없다. 또 집을 담보했을 때, 살고 있는 사람이 바깥에서 살지 않으면 안 될 상태라면 그 집을 역시 자기 것으로 할 수 없다. 단 한 가지라도, 그것이 사치를 위해 갖고 있다면 별문제이다. 그러나 생계를 유지하기 위해서 꼭 필요한 것이라면 돈을 떼이더라도 자기 소유로 하지 못한다.

생계를 유지하기 위해서 당나귀를 한 마리 갖고 있다면, 그 당나귀를 잡을 수는 없어도, 그가 사용하고 있지 않은 밤에 당나귀를 이용할 수는 있다. 의복을 잡았을 경우 이스라엘의 밤은 대단히 춥기 때문에 밤이 되면 그 의복을 되돌려 주지 않으면 안 된다. 왜냐하면, 그것은 인간의 존엄성에 상처를 입히게 되기 때문이다.

담

유대인은 수도원이나 부인이 없는 승려의 존재는 믿지 않았다. 인간은 자연스럽게 사는 것이 제일 좋다고 생각해서이다. 탈무드 중에는 "일 미터의 담이 백 미터의 담보다 낫다"라는 말이 있다. 즉, 일 미터의 담은 잘 서 있지만, 백 미터의 담은 쉽게 쓰러져 버린다.

인간이 평생 섹스를 하지 않는다는 것은 전혀 불가능한 일이어서, 백 미터의 담과 같다는 것이다. 아내를 갖지 않은 유대인은 기쁨이 없고, 하느님으로부터 축복도 없고, 선행도 쌓지 않는다고 본다. 남자는 18세가 되면 결혼하는 것이 바람직하다고 되어 있다.

숫자

유대인에게 있어서 7이라는 숫자는 대단히 중요하다. 먼저 7일째에 안식일이 온다.

7년째에는 밭을 쉬게 한다. 49년째에는 매우 경사스러운 해로, 밭을 쉬게 하는 데다, 빌린 돈은 채무가 소멸한다.

일 년간의 큰 두 개의 축제, 파스오우버(Passover:출애굽 기념)와 스코트(수확제)는 각각 7일 동안 계속된다. 유대의 달력은 세계에서 가장 정확하다. 모두가 노예였던 유대인이 이집트에서 탈출한 날, 이것은 유대의 역사에 있어서 대단히 중요한 일이니만큼, 그달을 제1월로 하여 그로부터 7개월 후에 신년(新年)이 된다.

미국의 신년은 1월 1일이다. 그러나 미국에서 제일 중요한 최초의 첫 달은 독립한 7월이 된다. 예산 연도나 학교의 학기 연도도 모두 7월에서부터 시작된다. 그와 마찬가지로, 유대인들도 이집트를 탈출했을 때가 최초의 첫 달이 되는 것이다. 파스오우버가 1월, 그리고 7개월째에 신년을 맞고, 스코트의 축하를 한다.

거짓말

어떤 경우에 거짓말을 해도 용서받을 수 있을까?

탈무드에서는 두 가지 경우에는 거짓말을 하라고 말하고 있다. 먼저 이미 누군가가 사버린 물건에 대해서 의견을 구하여 왔을 때는 설령 그것이 나빠도, 훌륭하다고 거짓말해도 좋다.

다음에 친구가 결혼했을 때에는 반드시 부인이 대단히 미인이며 행복하게 살 것이라고 거짓말을 해라.

착한 사람

세상에는 네 가지 필요한 것이 있다. 금, 은, 철, 동이다. 그러나 이것들은 그 대용품을 찾을 수가 있다. 참으로 바꿀 수 없이 필요한 것이란 바로 '착한 사람'이다. 탈무드에 의하면, '착한 사람'이라는 것은 커다란 야자나무처럼 무성하고 큰 레바논 삼나무처럼 늠름하게 하늘 높이 솟아 있는 것이라고 말한다.

야자나무는 한번 잘라버려도 다음에 날 때까지 4년이 걸리며, 레바논 삼나무는 아주 멀리서 보아도 볼 수 있을 정도로 크다.

동전

탈무드 시대의 유대인 가정에서는 안식일 전날의 금요일 저녁에 어머니는 반드시 촛불에 불을 붙였다. 아버지는 아이들의 머리에 손을 얹고 축복을 외기 시작한다. 그 촛불에 불을 켤 때 반드시 유대인의 집에는 "JEWISHNATIONAL FUND"라고 쓰인 상자가 있어서 아이들에게 '주즈'가 주어지고, 아이들은 자선을 위해 그 상자에 돈을 넣는다. 여기서 히브리어로 '주즈'란 동전을 의미한다. 이것은 동시에 화폐단위이며 또 '움직인다'라는 의미도 있다.

이것은 자선 행위를 어릴 때부터 가르쳐 주는 것이다. 금요일 오후에는 가난한 사람들이 자선을 빌러 부자들의 집을 돈다. 그러면 그 집의 부모가 가난한 사람들에게 직접 돈을 주는 것이 아니라, 반드시 아이들을 통해서 그 상자 속의 돈

을 주게 되어 있다.

이것은 아이들에게 자선하는 마음을 심어 주기 위해서이다. 지금도 유대인은 세계 각지에서 자선을 위해 가장 많은 돈을 쓰고 있는 민족이다.

두 개의 머리

탈무드에는 하나의 사고법(思考法)을 단련하기 위해 현실적인 방법이 아닐지 모르지만 어떤 원리(原理)와 같은 이야기가 많이 실려 있다.

"만약 갓난아이가 두 개의 머리를 가지고 태어났다면, 이 갓난아기는 두 사람으로서 가르쳐야 하는가? 그렇지 않으면 한 사람으로서 가르쳐야 하는가?"

이 질문은 얼핏 듣기에 어처구니없이 생각되지만, 인간은 두 개의 머리가 있어도 몸통이 하나라면 한 사람이라든가, 한 개의 머리는 한 사람으로 보아야 한다는 투로 생각한다고 하는 원칙을 확립하기 위해서는 극히 필요한 가설이다.

유대교에서는 아이가 태어나면, 1개월째에 예배당에 데리고 가서 축복을 받는다. 그 경우, 머리가 두 개 있으면 두 번

축복을 받아야 하는가? 그렇지 않으면 몸이 하나이므로 한 번으로 좋은가? 또 기도할 때에는 작은 주발(周鉢)을 머리에 얹는데 한 사람이므로 이것은 한 개만으로 되는가? 그렇지 않으면 머리가 둘이니 두 개를 얹어야 하는가?

탈무드의 답은 명료하다. 한쪽 머리에 뜨거운 물을 부어 다른 머리가 비명을 지르면 한 사람이고, 다른 머리가 만약 아무렇지도 않은 얼굴을 하고 있으면 두 사람이 되는 셈이다.

나는 유대인이란 어떤 민족인가 하는 이야기를 할 경우, 자주 위 이야기를 응용한다. 즉, 이스라엘에 있는 유대인이 박해를 받거나, 러시아에 있는 유대인이 박해를 받았다는 이야기를 듣고 자기도 그 고통을 느끼고 비명을 지른다면, 그 사람은 유대인이며, 만약 아무런 고통도 느끼지 않았다고 한다면 유대인이 아니다.

이처럼 응용 범위가 넓은 삽화는 탈무드에는 아주 많다. 왜 랍비들은 설교할 때에 이렇게 많은 우화를 사용했던 것일까? 그것은 설교라는 것은 사람들이 곧 잊기 쉬우나, 우화로서의 교훈은 오래도록 잊혀지지 않고 기억되기 때문이다.

물레방아

A, B의 두 사람이 있다.

A가 B에게 물레방아를 빌려주었다. 이 사용료는 B가 A의 곡물을 직접 갈아주고, 그 대신 B가 A의 물레방아를 사용한다는 계약이 되어 있었다.

그동안에 A는 부자가 되어서, 다른 물레방아를 몇 개 더 샀다. 그래서 이제는 자기의 밀가루를 만들기 위해 B에게 부탁할 필요가 없어졌다. 그래서 B한테로 가서 사용료를 돈으로 지불해 달라고 말했다. 그런데 B는 사용료로서 곡물을 계속 갈아주고 싶었다.

이 경우 어떻게 하면 좋은가?

탈무드의 판결에 의하면 이러하다. 만약 A가 곡물을 갈지 않으므로 해서 B가 돈을 지불할 수가 없다면, 계약대로 A의

곡물을 계속 갈아줌으로 사용료를 지불해야 하며, 만약 A의 곡물을 갈지 않고 제삼자의 곡물을 갈아서 돈을 지불할 수 있다면 돈으로 지불해야 한다.

계약

고용주와 종업원이 있었다. 종업원은 고용주를 위해 일한 대가로 1주일마다 임금을 받기로 되어 있었는데, 그것을 현금이 아니고 가까운 가게에서 그것에 상당하는 물건을 사고, 가게의 주인이 그의 고용주로부터 현금을 받는다는 계약이 되어 있었다.

1주일이 지났다. 종업원은 불만스러운 얼굴로 고용주에게 와서, "가게에서는 현금을 갖고 오지 않으면 주지 않겠다고 하니 현금으로 지불해 주시오" 하고 말했다.

그런데 갑자기 가게의 주인이 와서, "댁의 종업원이 이만큼의 물건을 가지고 갔으므로, 대금을 받으러 왔습니다"라고 말하는 것이다

이 경우 고용주는 도대체 어떻게 하면 좋은가? 먼저 사실

을 확인할 필요가 있어 충분히 조사해 보았지만, 종업원도 가게의 주인도 사실을 증명할 것이 아무것도 없었다. 그래서 탈무드로도 어찌하면 좋을지 몰랐다. 그러나 이 양자는 신의 이름으로 선서했음에도 불구하고 자기주장을 굽히지 않았으므로 탈무드는 고용주에 대하여 양쪽에 모두 지불하라고 명령을 내렸다.

그 까닭은 종업원은 가게의 청구와는 직접 관계가 없으며, 가게 쪽으로 말해도 종업원과는 직접 관계가 없다. 그런데 고용주는 양쪽에 모두 관계가 있으므로 그러한 관계를 가진 이상 고용주는 그 어느 쪽과도 책임이 있기 때문에, 두 배를 지불하라고 한 것이다.

이것은 탈무드 중에서 오랫동안 여러 가지 토론이 행해졌던 항목인데, 이 의견이 가장 올바르다. 어느 쪽인가가 거짓말을 하고 있을지 모르지만, 선서를 했고, 경영자는 양쪽에 계약하고 있었으므로 어쩔 수 없다. 쉽게 계약해서는 안 된다는 교훈이다.

과장 광고

오늘날의 사회에서는 광고를 할 때 거짓말을 해서는 안 되게 되어 있다. 그런데도 자동차, 맥주, 또는 담배 등 범람하고 있는 광고를 보면 반드시 올바른 정보를 전하고 있다고는 볼 수 없다.

예를 들면, 한 상품 쪽이 어떤 상품보다 더 좋다고 칭찬하고 있지만 반대로 다른 상품을 보면 역시 똑같은 말을 하고 있다. 그리고 상품과 관계가 없는 포장이나 디자인도 상당한 영향을 주고 있다. 그러나 오늘 이러한 것은 습관으로서, 좋은 판매 전법이라고 말해지고 있다.

예를 들면 미국 담배의 광고를 보면, 아름다운 아가씨가 차 안에서 맛있게 담배를 피우고 있는 장면이 나온다. 물론 여기서는 거짓말을 하는 것은 아니지만, 실제로 담배를 피우는 사

람에게 있어서는 그 아가씨와는 아무런 관계도 없다. 탈무드에서는 이와 같은 판매방법은 금하고 있다. 이것은 어떤 의미에서는 사람을 속이고 있다고 말할 수 있기 때문이다.

탈무드에서는 소를 팔 때 가죽 털에 다른 색을 칠하는 것을 금하고 있고, 또 여러 가지 도구에 색을 칠해서 새것처럼 보이게 하는 것도 금하고 있다. 즉, 속이기 위한 목적을 갖고 그 상품에 색을 칠하는 것은 금하고 있다.

어느 곳에 노예가 있어서 그 노예가 먼저 머리를 물들이고 얼굴에 화장해 자기를 젊게 보이게 하여 사는 사람을 속였다는 예가 있다. 또 채소 장수가 신선한 과일을 오래된 과일 위에 얹어 파는 것도 안 된다고 말하고 있다.

탈무드에서는 건물의 안정 규칙에 대해서도 말하고 있는데 예를 들면 차양의 길이의 제한, 발코니의 기둥의 굵기에 이르기까지, 대단히 상세하게 말하고 있다.

노동시간에 대해서는 그 지방의 상식적인 관례의 노동시간을 넘어서 사람을 일하게 해서는 안 된다고 되어 있다. 그리고 과일을 따는 노무자를 고용했을 경우, 그 노무자가 어느 정도 과일을 슬쩍해서 먹는 것은 금할 수가 없다고 말하고 있다.

또한 탈무드에서는 상품을 팔 때 그 물건과 성질이 판이한 이름을 붙이는 것을 금하고 있다.

오늘날 미국 광고에서는 킹사이즈니 풀 야드니 하는 과장된 말이 사용되고 있다. 풀 야드라는 말 따위는 사실 1야드에 지나지 않으므로 탈무드에서는 그러한 말은 일찍부터 금해져 있었다.

소유권

소유권에 관해서 이야기해 보자.

만약 동물을 갖고 있으면 낙인을 찍어 소유권을 증명할 수 있다. 시계 따위는 이름을 새길 수가 있다. 양복도 이름을 짜 넣을 수가 있다. 자동차나 집 등 큰 것은 각기 관청에 가서 등기할 수가 있다. 그러나 물건에 따라서는 이름을 쓰거나 등기하기가 곤란한 것도 있다. 그 같은 경우에는 어떻게 하여 소유권을 증명하면 좋은가?

맨 처음에 여러 가지 예를 생각하고 난 이후, 원칙을 확립한다는 것이 탈무드의 진행 방법이다. 이러한 경우는 1원에서 1백억 원가량 사이의 것이 있어 원칙을 확립해두지 않으면 판단을 내리지 못하기 때문이다.

두 사람이 극장에 갔다. 서로 다른 문으로 들어갔는데 한가운데에 두 개의 좌석이 비어 있어 서로 거기에 앉으려고 했다. 그때 소유권을 확인하기 어려운 물건이 그 자리에 놓여 있었다. 두 사람이 동시에 그것을 발견했다. 그래서 서로 자기 것이라고 우겼다. 이 경우 어떻게 하면 해결할 수 있을까?

이것은 탈무드 중에서도 여러 가지 의견이 있다.

첫째 둘이서 나누면 좋다는 의견도 있는데, 이것은 원칙으로써 쓸 수가 없다. 그 까닭은 재판소에 가서 나누게 되면, 뒤에 앉아 있는 사람도 손을 내밀지도 모르며, 모두가 내 것이라고 할지도 모른다. 발견한 사람이 권리가 있다는 전제로 한다면, 보지 못한 사람이 뒤에 나도 보았다고 나서서 그 사람까지 권리가 생기게 되면 곤란해진다.

탈무드는 그래서 '성서에 손을 얹고 선서하라!'라고 했으나, 탈무드의 경우에는 언제나 누가 이견(異見)을 내면, 그것을 반박할 다른 의견이 나온다. 그래서 '선서도 쓸데없지 않은가?'라는 의견을 누군가가 말했다.

즉, 자기 것이라고 말하고 선서했는데도 그것을 반밖에 갖지 못한다는 것은 선서 자체를 모독하는 행위라고 보기 때문이다. 그래서 반은 자기 것이라고 하는 투로 선서하면 되지 않으냐고 하면, 그 경우는 A가 100%, B가 50%를 주장해서 재판소에 가면 먼저 A는 반은 인정된다. 50%라고 한 B는 반의반밖에 인정되지 않는다.

그러나 이 논의는, 어떻게 하든지 자기에게 권리가 있다고 해서 선서하는 것이 최후의 낙착이 되고 있다. 그런데 습득물이 금화가 아니고 고양이였을 경우 어떻게 될까.

이것은 반으로 나눌 수도 없다. 그 경우는 두 사람이 고양이를 팔면 된다. 또 고양이 값의 반을 상대에게 주고, 한 사람이 고양이를 데리고 가면 된다.

단지 고양이의 경우는 소유주가 나서는 것을 일정 기간 기다려야 하는 여러 가지 절차가 필요하나, 백 달러 지폐라면 소유주가 찾지 못하는 것으로 쳐서 처음부터 나눈다.

돈을 길에 떨어뜨려서 누군가가 이미 주운 뒤에 돌아와서, "내가 조금 전에 여기에 백 달러를 떨어뜨려서, 지금 찾으러 온 참이요"라고 말해도, 그 사람의 말이 정말인지 입증할 수 없다.

지폐에 이름을 적어 두었다 하더라도 자기 손을 통과하는 백 달러짜리 지폐에 전부 이름을 적어서, 그 돈을 다시 보게 될 때마다 자기 것이라고 한다면 문제가 생길 것이다. 그러나 아주 특별한 편지와 함께 들어 있어서, 그것이 자기 것이라고 증명할 수 있으면 별도이다.

결국 극장의 경우, '먼저 주운 사람이 임자'라고 되어 있다. 보았다는 것은 아무도 입증할 수 없지만 주웠다는 것은 입증하기 쉬우므로 그것이 하나의 원칙이 되어 있다.

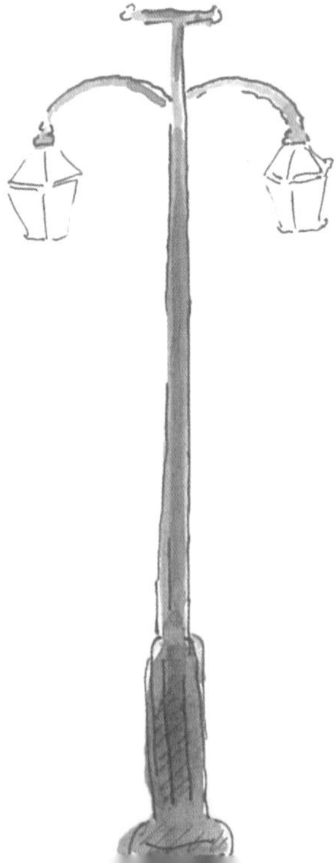

두 개의 세계

어떤 랍비와 두 사람의 사나이가 있었다.

랍비가, "나는 랍비이므로 사람들은 나를 신뢰한다. 내가 두 사람 중의 한 사람에게서 천 원을 빌리고, 또 한 사람에게서 친 원씩 두 번을 빌렸다. 어느 날 두 사람이 찾아와서, 두 사람 다 2천 원을 갚으라고 아우성쳤다. 그런데 나는 누구에게 더 많이 빌렸는지 기억하고 있지 않다. 어떻게 하면 좋은가?"라고 말했다.

탈무드에서는 두 가지 의견이 있다. 다수의 의견은 "천 원씩 빌린 것은 틀림없다. 이 중에 누군가는 천 원만 주었지만, 누군지 알 수 없다. 그래서 먼저 천 원씩 갚는다. 또 하나의 천 원은 앞으로 증거가 나올 때까지 재판소에 맡겨둔다"라는 의견이다.

그런데 한 랍비가, "잠깐, 두 사람 중에 한 사람은 도둑이다. 천 원밖에 주지 않았다는 데도 다시 천 원을 더 받으려 한다. 천 원씩 갚아 버린다면 도둑은 아무것도 잃는 것이 없다. 그래서는 사회정의가 바로 서지 않는다. 도둑이나 악인에게 이득을 주거나, 악인이 아무 벌도 받지 않고 그냥 지내게 하지 않는 것이 사회정의이다. 그러니 두 사람 모두에게 갚지 않는 것이 좋다. 법정에 전액을 보관해야 할 것이다"라고 말했다.

그러나 도둑 쪽에 천 원이 들어가지 않는다는 것은 도둑이 천 원을 잃는 것이 되므로, 집에 돌아가서 수첩을 잘 살펴보니, 내가 천 원을 빌려주었다고 말하고 천 원을 찾아갈 가능성이 있다.

앞에서 했던 극장 이야기로 돌아가 보자. 극장에서도 같은 원칙을 적용해야 한다고 생각했다. 한쪽은 거짓말임이 틀림없다. 그런데도 반을 얻는다는 것은 거짓말쟁이가 득을 본다는 것이어서, 이것은 사회정의의 원칙에 어긋난다. 따라서 재판소는 앞으로 증거가 나올 때까지 그것을 맡아야 한다고 했다.

그러나 극장의 경우는 양쪽이 함께 발견했다는 것이 있을 수 있는 일이므로, 선서시켜 볼 수가 있다. 그러나 천 원과 이천 원의 경우는 어느 쪽인가 거짓말을 하고 있을 가능성이 크기 때문에 선서시키지는 못한다. 거짓 선서를 해서는 안 된다는 것은 천주의 십계의 하나인데, 만약 선서했는데도 거짓말을 한다는 것은 큰 수치가 된다.

탈무드에서는 극장에서 돌아온 두 사람 중 한 사람은 '내가 발견했으니 전부 내 것'이라 말하고 다음 사나이도 '이것은 전부 내 것'이라고 말해서 선서를 해도 자기주장을 굽히지 않으므로 어떻게 할 수도 없다.

탈무드는 아무리 지면을 많이 사용하고 있는 책이라 해도, 긴 역사를 한정된 분량 안에서 다루고 있으므로, 너무 지면을 헛되이 사용할 수는 없지만, 이 논쟁에서 되풀이되는 번복이 많다.

이것은 탈무드에서 대단히 드문 경우다. 그러나 잘 생각해 보면, 이것의 두 개는 전혀 들어맞지 않는 것을 되풀이하고 있다. 두 개의 세계가 양립할 수 있다는 것을 나타내기 위해 고의로 말하고 있는 것이라고 생각한다.

맥주

탈무드의 가르침으로는 하인과 노예는 주인과 똑같은 것을 먹지 않으면 안 된다고 가르치고 있다. 주인이 안락의자에 앉으면, 하인에게도 똑같은 안락의자를 줘야한다. 훌륭한 사람이라 해서 높은 데에 앉아서는 안 된다.

내가 이스라엘에 갔을 때, 전선의 부대장에게 초대되어 식사를 함께 한 일이 있었다. 사병이 맥주를 날라 왔다. 그러자 사령관이, "사병들도 마시는가?"라고 물었다.

"오늘은 맥주가 남은 것이 적어서 여기에 낸 것뿐입니다"라고 사병이 답하자, "그렇다면 오늘은 마시지 않기로 하자"라고 말했다.

이것은 유대인의 정통적인 사고법(思考法)이다.

세 자매
약속
가정과 평화
천국과 지옥
아들의 재능
효도
어머니
시집가는 딸에게
사랑
여자를 남긴 것
충고
선물
왕복
젊은 부부
부모는 바보
젊은 아버지
위기를 벗어난 부부
부부 싸움
애정
죽음
간음
식욕
순결
성(性)

제4장

인생을 행복하게 하는 유대인의 사랑

세 자매

옛날에 세 딸을 가진 아버지가 있었다. 딸들은 모두 미인이었으나 제각기 하나씩의 결점이 있었다. 첫째 딸은 게으름뱅이였고, 둘째 딸은 훔치는 버릇이 있었다. 막내딸은 남 험담하기를 좋아했다.

어느덧 세 딸이 혼기를 맞이했을 무렵, 어느 사나이가 찾아왔다. 자기에게는 아들이 셋 있으니 이들 세 자매와 혼인시키는 건 어떻겠냐고 말했다. 그 말을 들은 딸의 아버지는 딸들이 가진 결점을 이야기했다. 사나이는 자기가 시아버지 될 사람이니 자기가 책임을 지고 주의시키겠다고 말했다.

시아버지가 된 사나이는 게으름뱅이인 며느리를 위해 많은 하인을 고용했다. 훔치는 며느리를 위해서는 큰 창고의 열쇠를 주어, 무엇이든지 가지라고 말했다. 험담 잘하는 며느리에게는 아침 일찍 그 며느리를 깨워서 헐뜯을 일이 없는가를 물었다.

어느 날 아버지가 딸들이 결혼 생활을 잘하고 있는지 보기 위해 찾아왔다. 큰딸은 마음껏 게으름을 피울 수 있어서 아주 즐겁다고 했고, 둘째 딸은 무엇이든 갖고 싶을 때 얼마든지 가질 수 있으니 행복하다고 말했다.

그러나 막내딸은 시아버지가 자신에게 남녀 관계를 따진다며 견딜 수 없다고 말했다. 그런데 아버지는 막내딸의 말만은 믿지 않았다. 왜 그럴까?

그녀는 시아버지까지 헐뜯고 있었기 때문이다.

약속

어떤 아름다운 아가씨가 가족과 함께 여행을 하고 있었다. 그러던 어느 날, 그녀는 혼자서 산책을 하고 있다가 길을 잃고 우물까지 오게 되었다.

그녀는 몹시 목이 말랐던 터라 두레박을 타고 아래로 내려갔다. 물을 마시고 다시 올라오려는데 도저히 그녀 혼자서는 우물을 빠져나오지 못하게 되었다. 큰 소리로 울면서 도움을 청하자 때마침 그곳을 지나가던 한 청년이 그녀를 구해 주었다. 두 사람은 곧 사랑을 맹세하는 사이가 되었다.

어느 날, 젊은 청년은 먼 여행길에 나서지 않으면 안 된다고 말하며, 그녀와 헤어지기 전에 마지막으로 만나서 서로 신심(信心)을 계속 지키기로 약속했다. 그녀와 그는 결혼할 수 있는 그날이 올 때까지 언제까지라도 기다리자고 맹세했다.

두 사람은 곧 약혼 서약을 했다. 누군가에게 증인을 부탁하자고 말했을 때 마침 족제비가 숲속으로 달려갔다. 그녀는, "지금의 족제비와 우리 두 사람 옆에 있는 이 우물이 증인이에요"라고 말했다.

두 사람이 헤어진 후, 몇 년이 지나서도 아가씨는 계속 정절(貞節)을 지키며 그를 기다렸다. 하지만 그 청년은 먼 길을 나서던 중 다른 여인을 만나 혼인을 하고 아이가 생겨 즐거운 생활을 보냈다.

그러던 어느 날, 청년의 아이가 놀다 지쳐 풀밭에 잠들어 있을 때 족제비가 잠든 아이의 목을 물어 버렸다. 아이는 숨을 거두었고 부부는 매우 슬퍼했다. 그 뒤로 또 아이가 태어나 부부는 다시 행복하게 살았다.

어느 날, 무럭무럭 자라서 걸어 다닐 수 있게 된 아이는 우물가까지 오게 되었다. 우물 속에 비친 여러 가지 그림자를 재미있게 들여다보고 있던 아이는 그만 우물 속에 빠져 죽고 말았다.

그제야 그 남자는 여행길을 떠나기 전 만난 아가씨와의 맹세가 떠올랐다. 그때의 증인이 족제비와 우물이었다는 것을 기억해 냈다. 그는 아내에게 모든 사실을 고백한 청년은 아내와 이혼을 하고 아가씨가 있는 마을로 돌아갔다. 그때까지도 아가씨는 계속 그를 기다리고 있었다. 두 사람은 마침내 결혼하여 행복하게 살았다.

가정과 평화

메이어라는 이름의 랍비는 설교를 매우 잘하는 사람으로 알려져 있었다. 그가 매주 금요일 밤 예배당에서 설교할 때면 몇백 명이나 되는 사람들이 그의 설교를 들으러 왔다.

설교를 들으러 오는 사람들 중 그의 설교를 좋아하는 여인이 있었다. 보통 유대인 여자들은 금요일 저녁에는 이튿날의 안식일을 위하여 요리를 만들거나 다른 여러 가지 일을 해야 하는데 이 여자만은 그의 설교를 들으려고 만사를 제쳐놓고 설교 장소로 오는 것이었다.

랍비는 긴 시간 동안 설교를 했고, 그녀는 그의 이야기에 매혹되어 늦은 시간에 집으로 돌아갔다. 그런데 남편이 문 앞에서 그녀를 기다리고 있었다. 그녀를 보자 내일이 안식일인데도 요리도 하지 않고 뭘 하러 다니느냐고 화를 냈다.

"당신, 대체 어디 갔다 온 거야!"

"예배당에서 랍비 메이어의 이야기를 듣고 있었어요."

그녀의 말에 그는 몹시 화를 내며, "당신이 랍비의 얼굴에 침을 뱉고 돌아올 때까지는 집에 들여놓지 않겠어"라고 말했다. 그녀는 집으로 들어가지 못하고 할 수 없이 친구의 집에 머물게 되었다.

이 소식을 들은 메이어는 그녀를 불러서 자기의 눈이 아프다고 호소했다.

"이것은 침으로 씻어야 좋을 것 같군, 그렇게 하면 약이 될 테니까, 부인이 좀 해주시오."

랍비의 말에 그녀는 그의 눈을 향해 침을 뱉었다. 이 광경을 본 제자들이 물었다.

"선생님은 대단히 덕망이 높으신 랍비이신데, 왜 여자가 얼굴에 침을 뱉게 내버려 두었습니까?"

랍비는 대답하길, "한 가정의 평화를 되찾기 위해서는 무슨 일이라도 해야 하며 그보다 더한 일도 참고 해야 한다"라고 했다.

천국과 지옥

어떤 사나이가 살찐 닭을 잡아서 아버지에게 가지고 왔다. 아버지가 “어디서 이 닭을 구했느냐?” 하고 물었다.

“아버지! 그런 걱정은 하지 마시고 많이 잡수세요!”

아들의 대답에 아버지는 더 이상 묻지 않았다.

또 다른 사나이와 아버지가 있었다. 그는 방앗간에서 일을 하고 있었다. 어느 날 국왕이 포고를 내려 방앗간에서 일하는 사람을 모은다고 포고를 내렸다. 그 사나이는 아버지가 강제로 징집당할 것을 걱정하여 아버지에게 방앗간을 돌보게 하고 아들이 아버지 대신 성으로 갔다.

이 두 아들 중 어느 쪽이 천국에 가고, 어느 쪽이 지옥에 떨어졌을까? 또 그 이유는 무엇일까?

두 번째 사나이는, 왕이 끌어모은 노동자를 혹사하여 때리고 좋은 음식을 주지 않는다는 것을 잘 알고 있었기 때문에 자신이 대신해서 갔다. 그러므로 천국에 갈 수 있지만, 아버지에게 닭을 먹게 한 사나이는 부친의 질문에 충분히 대답하지 않았기 때문에 지옥에 간다.

진심으로 대하는 것이 아니면, 아버지를 일하게 하는 편이 더 낫다.

아들의 재능

한 아버지가 아들을 위해 유대교 선생을 가정교사로 모셨다. 한 번은 공부방을 살짝 들여다보았더니 선생님이 아들에게 어버이가 죽었을 때 외우는 장례식의 경문을 가르치고 있었다.

그 광경을 보고 놀란 아버지는, "선생님, 나는 아직 젊고 건강해서 죽을 때가 멀었습니다"라고 말했다.

"그건 걱정하지 않아도 될 것입니다. 이 아이가 경문 전부를 외울 무렵이면 당신은 이미 백 살은 될 테니까요."

효도

어떤 비(非)유대인이 고대 이스라엘의 디마라고 하는 도시에서 살고 있었다. 그는 6천 개의 금화에 해당하는 커다란 다이아몬드를 갖고 있었다.

어느 날 한 랍비가 사원의 전각을 장식하는 데 필요한 다이아몬드를 사기 위해 6천 개의 금화를 들고 그의 집으로 갔다.

"아버지를 깨울 수 없으니 다이아몬드는 팔지 않겠습니다."

사나이는 거절했다. 다이아몬드를 넣은 금고의 열쇠를 베개 밑에 넣어 두었는데 그의 아버지가 베개를 베고 자고 있었기 때문이었다.

랍비는 굉장한 돈벌이가 되는데도 잠들어 있는 아버지를 깨우지 않는 것은 대단히 효성스러운 일이라며 감탄했다. 그는 이것을 많은 사람들에게 이야기했다.

어머니

어떤 랍비가 어머니와 함께 길을 걷고 있었다. 돌멩이가 많은 울퉁불퉁한 길이어서 걷기가 힘들었다. 랍비는 어머니가 한 발자국씩 내디딜 때마다 자기의 손을 어머니의 발밑에 받쳐 드렸다.

탈무드에서는 양친이 등장하면 언제나 아버지를 먼저 등장시키는데 이 이야기는 어머니만이 나오는 유일한 이야기이다. 어머니도 아버지와 마찬가지로 귀중하다는 것을 나타내기 위한 것이다. 그러나 부모님이 모두 물을 마시고 싶다고 하면, 물은 아버지에게 먼저 가져간다. 어머니도 아버지를 귀중하게 여기지 않으면 안 되는 입장이기에, 어머니에게 가져가도 어머니는 다시 아버지에게 건네주게 되어 있기 때문이다.

시집가는 딸에게

나의 딸아! 만약 네가 남편을 왕처럼 존경한다면, 그는 너를 여왕처럼 대접할 것이다. 네가 하녀처럼 행동한다면, 남편은 너를 하녀처럼 부릴 것이다.

만약 네가 자존심이 높아서 그에게 봉사하기를 싫어한다면, 그는 자기의 힘을 이용해서 너를 하녀로 만들어 버릴 것이다. 만약 남편의 친구가 방문할 때는, 그를 목욕탕에 들어가게 하고 옷차림을 단정하게 하여 내보내도록 해야 한다. 그렇게 하면 남편으로부터 소중한 대접을 받게 될 것이다.

항상 가정에 마음을 쓰고, 그의 소지품을 소중히 하라. 그는 기뻐서 너의 머리 위에 관을 바칠 것이다.

사랑

솔로몬 왕에게는 아주 현명하고 아름다운 딸이 있었다.

어느 날 솔로몬 왕의 꿈에서 미래의 딸의 남편이 그녀에게 걸맞지 않은 나쁜 사나이라는 것을 예감했다. 그리하여 딸을 작은 섬에 데리고 가서 그곳에 가두었다.

둘레에는 높은 담을 둘러싸고 감시병을 배치해 두기까지 했다. 그러고는 열쇠를 들고 그대로 돌아가 버렸다.

한편 왕이 꿈에서 봤다는 사나이는 어딘가의 황무지를 헤매고 있었다.

몹시 추운 밤, 그는 죽은 사자의 사체를 발견하고 그 가죽 속에서 잠을 청하게 되었다. 그날 밤 큰 새가 날아와서 털가죽째로 사나이를 들어 올렸다. 사나이는 공주가 갇혀 있는 왕궁 위에 떨어졌다. 그곳에서 만난 공주와 사나이는 이내 사랑에 빠졌다.

사랑은 모든 것을 초월한다. 외딴섬에 감금해도 허사일 뿐이다. 일어날 일은 반드시 일어나고 만다.

여자를 남긴 것

구약성서에 쓰여 있기를, 인류 최초의 여성은 아담의 갈비뼈를 한 개 취해서 만들었다고 한다.

로마의 황제가 어떤 랍비의 집을 방문했다.

황제가 말했다.

"너희 신은 도둑이다. 어째서 남자가 자고 있을 때, 남자의 허락도 받지 않고 갈비뼈를 훔쳐 갔는가?"

그러자 랍비의 딸이 곁에서 대화에 끼어들었다.

"황제님의 부하를 한 사람 빌려주십시오. 조금 곤란한 문제가 생겨서 그것을 조사시키는 데에 쓰고 싶습니다."

황제는, "그건 별로 어려운 일이 아니지만 도대체 그 곤란한 문제라는 게 무엇인가?"라고 물었다.

딸은, "어젯밤, 도둑이 집에 들어와서 은 접시를 훔쳐 갔습니다. 그런데 이상하게도 은 접시 대신에 도둑은 금 그릇을 두고 갔습니다. 어째서 그렇게 했는지 조사해 보고 싶어서입니다"라고 말했다.

황제는, "그것참 부럽구나. 그런 도둑이라면 내게도 들어왔으면 좋겠는데!"라고 말했다.

그러자 랍비의 딸은, "그럴 겁니다. 그것은 결국 아담의 몸에서 일어난 것과 똑같지 않습니까. 하느님은 갈비뼈를 하나 훔쳐 갔지만, 이 세상에 여자를 남긴 것입니다"라고 말했다.

충고

어떤 학교 선생님이 학생에게 질문했다.

“인간의 기관 가운데서 흥분하면 여덟 배로 팽창하는 부분은 어느 기관인가?”

그러자 학생은 얼굴을 붉히고 대답하려 하지 않았다. 선생님이 계속해서 말했다.

“네가 말하지 않으려고 하는 것이 뭔지 나는 안단다. 하지만 정답은 그게 아니야. 정답은 동공(瞳孔)이다. 그리고 말이 나왔으니 말인데, 네가 결혼할 때 너무 기대하지 않는 게 좋을 거다.”

선물

어떤 아름다운 여자가 항해 중 배가 침몰하여 무인도에 표류하였다. 그런데 그곳에서 다른 유대인 남자를 만나게 되었다. 그 남자는 몇 년 전부터 꼭 같은 운명으로 유대인 남자가 표류하여 혼자서 살고 있다고 했다.

여자가 슬퍼하고 탄식하는 것을 본 유대인이 위로하며 말했다.

"아가씨, 이 섬은 공기와 물이 깨끗할 뿐 아니라 조용하고 멀리 수평선까지 바다가 보이며 기후도 좋고 싱싱한 과일도 많습니다. 게다가 나 같은 말동무도 있습니다. 그러니 전혀 살 수 없는 곳은 아닐 것이에요."

그러자, 그 여자는 안심이 된 듯이 장난기 어린 미소를 지으며 고개를 들었다.

"그러면 저는 당신이 몇 년 동안 갈망하던 것을 선물로 가져온 셈이군요."

그 말에 사나이는 갑자기 생기가 돌며 말했다.

"정말입니까? 그럼 맛있는 맛짜(유대의 축제일에 먹는 빵)를 가지고 왔군요!"

왕복

기차 안에서 어느 유대인 남녀가 만났다. 그들은 같은 목적지인 모스크바로 가는 길이었다. 긴 여정인 탓에 그들은 도중에 기차를 내려 시골 여관에 묵지 않을 수 없게 되었다.

그날 밤, 두 사람은 결국 밤에 선을 넘고 말았다. 아침이 되자 후회하는 마음이 간절했다. 남자가 먼저 입을 열었다.

"랍비에게 가서 참회하고 올 테니 걱정하지 않아도 됩니다."

그렇게 밖을 나선 남자는 이윽고 돌아오며 말했다.

"속죄하는 뜻으로 예배당에 양초 1kg을 기부하라는군요."

"그래서 그렇게 했나요?"

"2kg을 기부하고 왔죠."

"그건 너무 과용하신 거 아니에요?"

"아니지요. 돌아올 때도 어차피 함께 머무를 테니까요."

젊은 부부

유대인들의 '유월절'은 그들의 이집트 탈출을 기념하는 행사이다. 행사가 시작되는 이틀 동안은 관습에 따라 식탁을 차리는 전통적인 의식에다가 전설을 낭독한다든지 하는 까다로운 의식이 행해진다. 가정에서는 가장 애먹는 골치 아픈 행사였다.

어느 갓 결혼한 젊은이가 처음으로 유월절의 의식을 행하게 되었는데, 그는 식탁 차리는 법을 알지 못했다. 그래서 젊은 신부를 근처에 있는 대장간으로 보내 창문으로 상 차리는 법을 보고 오라고 했다.

신부가 대장간에 갔을 때, 대장간에서는 부부 싸움이 한창이었다. 대장간에 있는 남자가 부인을 삽자루로 때리는 중이었다. 깜짝 놀란 신부는 집으로 돌아오긴 했지만 두려운 나머지 감히 입을 열 수 없었다.

젊은이는 화가 치밀어 삽을 들고 아내를 때리려고 했다. 그러자 젊은 신부는 울면서 남편을 원망했다.

"이런 법이 어디 있어요! 당신은 다 알고 있으면서 무엇 때문에 저를 대장간으로 보냈죠?"

부모는 바보

어떤 사나이의 유언서에는 이렇게 쓰여 있었다.

"내 아들에게 재산을 전부 남기지만, 아들이 진짜 바보가 되지 않는 한 유산을 상속할 수 없다."

이 말을 듣고 랍비가 찾아왔다.

"당신은 어처구니없는 유언을 남겼군요. 당신 아이가 바보가 되지 않으면 재산을 주지 않는다는 것은 무슨 뜻입니까?"라고 물었다.

그러자 사나이는 갈대 한 개를 입에 물고, 괴상한 울음소리를 내며 마루 위를 기어 다녔다. 그가 말하는 것은 자기 아들에게 아이가 생겨서 아이를 어를 수 있게 되면 재산을 상속시킨다는 것이었다. '자식이 생기면, 인간은 바보가 된다'라는 격언이 여기에서 생겼다.

유대인에게 있어서 아이는 대단히 귀중한 존재이다. 모든 것을 자식을 위해서 희생한다. 하느님이 유대 민족에게 십계명(十誡命)을 내리셨을 때, 유대인이 반드시 그것을 지킨다는 맹세를 받으려 하였다.

먼저 유대인은 아브라함, 이삭, 야곱과 같은 최초의 위대한 선조의 이름을 걸고 반드시 그것을 지킨다는 것을 맹세했지만 하느님은 승낙하지 않았다. 앞으로 유대인들이 벌어들일 모든 부귀(富貴)를 걸면서 맹세한다고 말했으나, 역시 허사였다. 마지막으로 아이에게 십계를 반드시 전할 것이니, 그 아이들을 내세워 맹세한다고 말하자 하느님은 비로소, "좋다"라고 말씀하셨다.

젊은 아버지

어느 젊은 아버지가 보채는 갓난아이를 열심히 달래면서, "모리츠야, 진정해. 진정하란 말이야" 하고 그 말만을 되풀이하고 있었다.

그것을 지나가던 한 여자가 보고 말했다.

"정말 참을성이 많으신 아버지이시군요. 아기 이름을 모리츠라고 부르나요?"

"아닙니다. 이 아이의 이름은 사미이고 내 이름이 모리츠입니다."

위기를 벗어난 부부

결혼하여 10년이 지난 부부가 있었다. 매우 사이가 좋아서 표면적으로는 행복하게 보였다. 그런데 어느 날 남편이 이혼 허가를 요구해 왔다. 나는 그 부부를 전부터 잘 알고 있었으므로 결혼생활이 잘 되어가지 않는다고는 생각지도 않았다.

그는 두 사람 사이에 아이가 없으니 헤어지라고 친척들로부터 강요받았다고 말했다.

유대의 전통에 따르면 결혼하여 10년이 지나도 아이가 없으면 이혼할 권리가 있다. 그러나 남편도 아내도 헤어지기 싫었다. 그들은 이 일을 심각하게 생각하고 있었다. 그러나 그의 가족에서 강력한 압력을 가하므로 어찌할 수도 없게 되어 내게 의논하러 온 것이다.

두 사람이 함께 찾아왔을 때, 이들 부부는 서로 사랑하고 있음을 알 수 있었다.

일반적으로 랍비는 이혼에는 언제나 반대하게 되어 있다.

그것은 나쁜 아내를 한번 잘못 얻은 사람은 헤어져도 다시 똑같은 잘못을 되풀이하여, 또 나쁜 아내를 얻게 된다는 것을 알고 있기 때문이다.

그는 사랑하는 아내와 이혼하면서 아내에게 굴욕감을 느끼게 하고 싶지 않았으므로, 될 수 있는 대로 평온하게 헤어지기를 바라고 있었다. 그래서 나는 탈무드적 발상법을 썼다. 아내를 위해 성대한 파티를 열고, 그 자리에서 자기와 함께 살아온 아내가 얼마나 훌륭했던가를 모든 사람 앞에서 말하도록 권했다.

그는 이 충고를 매우 기뻐했다. 싫다는 이유로 헤어지는 것이 아님을 명백히 하고 싶다는 생각 때문이다. 나는 여기에서 해결책을 발견했다. 그가 헤어지는 아내에게 무언가 선물을 하고 싶다고 함으로 무엇을 선물하겠느냐고 묻자, 그는 그녀가 진심으로 귀중하게 계속 가질 수 있는 것을 주고 싶다고 대답했다.

그래서 나는 파티가 끝났을 때 그 부인에게, "내가 가진 모든 것 중에서 갖고 싶은 것을 말하면 무엇이든지 그것을 주겠소"라고 말하도록 권했다.

물론 그녀에게도 똑같은 말을 했다. 파티가 끝난 뒤, 내가 충고한 대로 남편은, "무엇인가 갖고 싶은 것을 하나 주겠소" 하고 말했다.

이튿날 내가 입회한 가운데 그녀는 헤어진 남편에게 무엇을 갖고 싶은가를 대답하게 하였다. 그녀는 단 하나, 남편을 선택했다. 그리하여 두 사람은 이혼을 취소하고 행복하게 살았고, 그 후 두 아이가 태어났다.

부부 싸움

미군이 주둔하고 있는 곳에는 군목(軍牧)과 같은 입장의 랍비가 있다. 대부분 그들은 학교를 갓 나온 젊은 사람들이다. 따라서 그들에게 있어서는 나는 장로(長老)와 같은 입장이어서 문제가 생기면 내게로 의견을 물으러 오거나 전화를 걸어온다.

어느 날 젊은 랍비 한 사람이 지방에서 나를 찾아왔는데 그때 한 쌍의 부부가 문제점을 갖고 찾아왔다. 그래서 그 부부에게 또 한 사람의 랍비와 함께 이야기를 들어도 좋은가 묻고 승낙을 받았다.

부부간의 문제를 들을 때는 두 사람을 함께 동석시킨 채 들으면 서로 다투기만 함으로 두 사람을 나누어 따로따로 들어야 한다. 나누어서 들으면 결국 서로 배우자를 귀중히 여기고 상대방을 생각하고 있다는 것을 알 수 있다. 인내심을 갖고 이야기를 듣고, 동정심으로 그들을 설득하다 보면 대개의 부부 문제는 해결된다.

이때에도 나는 먼저 남편 측의 이야기를 듣고, 그가 말한 것에 수긍하면서 그의 주장을 모두 인정했다. 그리고 그의 아내 차례가 되었다. 나는 그녀의 주장을 듣고, 그녀가 말하는 것도 인내심 깊게 들은 후 모두 수긍하며 당신의 주장은 옳다고 인정했다.

두 사람이 나간 뒤, 나는 그 랍비에게, "당신이라면 어떻게 결정하겠는가?"라고 물었다.

그러자 그 랍비는, "나는 전혀 이해가 되지 않습니다. 선생님께서는 남편의 이야기를 들었을 때도 전부 남편에게 수긍하고, 아내가 들어왔을 때도 아내의 이야기에 수긍하며 당신의 주장은 전부 옳다고 인정했습니다. 두 사람이 다른 주장을 말했는데 어째서 두 사람의 주장이 옳다고 말할 수 있습니까?" 하고 말했다. 그래서 나는 당신의 주장도 옳다고 말했다.

이 결정을 보고 독자 여러분은 어떻게 느낄 것인가?

나는 여러 사람들이 각기 다른 의견을 가지고 왔을 경우,

당신이 옳다든가, 당신은 틀렸다든가 잘라서 단정해서는 안 된다고 생각한다. 그것은 쓸데없는 마찰을 일으키게 할 뿐이다. 이때 중요한 것은 양자의 열전(熱戰) 상태를 냉각시키는 데에 있다. 그러기 위해서는 양자의 주장을 인정해 줌으로써 서로가 냉정해져서 화해해나갈 수 있다. 그러므로 이런 종류의 문제에는 먼저 어떠한 의견이라도 상대방의 주장을 인정해 주는 것이 필요하다.

애정

세계에는 12개의 강한 것이 있다. 먼저 돌이다. 그러나 돌은 쇠로써 깎인다. 쇠는 불에 녹아 버린다. 불은 물로 꺼져버린다. 물은 구름 속에 흡수된다. 그 구름은 바람으로 날려버린다. 그런데 바람은 인간을 날려 버리는 일은 절대로 할 수가 없다. 그 인간도 공포에 의해서 비참하게 일그러져 버린다. 공포는 술로 제거된다. 술은 잠에 의해서 깨게 된다.

그 잠은 죽음만큼 강하지 못하다. 그러나 이 죽음조차 애정에는 승리하지 못하는 것이다.

죽음

화물을 가득 실은 두 척의 배가 항구에 떠 있다. 한 척은 출항하려 하고 있으며 한 척은 막 입항한 것이었다. 사람들은 대부분 배가 떠나갈 때는 성대하게 전송하는데, 돌아온 배에는 별로 환영하지 않는다.

탈무드에 의하면 이것은 대단히 어리석은 습관이다. 떠나가는 배의 미래는 알 수 없다. 폭풍을 만나 배가 가라앉을지도 모른다. 그것을 왜 성대하게 전송하는 것일까, 긴 항해를 끝내고 배가 무사히 돌아왔을 때야말로 커다란 기쁨이 있는 것이다. 그것은 한 가지 임무를 완수했기 때문이다.

인생에 대해서도 마찬가지로 말할 수 있다.

아이가 태어났을 때는 모두가 축복한다. 이것은 아이가 마치 인생이라는 바다에 처음 띄운 것과 같은 것으로 그 미래에는 무엇이 일어날지 모른다. 병으로 죽을지도 모르며, 그 아이가 무서운 살인범이 될지도 모른다. 그러나 사람이 영원의 잠에 빠져들었을 때는, 그가 인생에서 무엇을 해 왔는가를 모든 사람이 알고 있으므로, 이때야말로 사람들은 축복해야 한다.

간음

탈무드에는 만약 자기 아내가 다른 남자와 부정한 관계를 했을 경우, 이것은 당연히 남편에 대한 죄이며, 남편이 아내 또는 아내의 정부에 대하여 어떠한 제재를 내려도 좋게 되어 있다. 타민족의 남편은 처벌할 수도 있고 용서할 수도 있다.

그러나 그것은 다른 민족의 경우이고, 유대인에게 있어서는 이것은 신에 대한 모독이며 따라서 남편은 용서할 권리가 없었다. 유대인의 세계가 규범(規範)으로 정하고 있는 법에 대한 죄인 것이다. 말하자면, 이것은 인간에 대한 죄가 아니고, 신에 대한 죄라고 생각하고 있었다.

식욕

학문을 닦기 위해 수업 여행 중인 유대인 수사가 하룻밤 신세를 지려고 밤늦게 마을 랍비 집의 문을 두드렸다. 랍비는 그를 반갑게 맞아들였다.

"보시다시피 우리 집은 초라한 데다 신혼 초이긴 합니다만, 하나님이 가르치신 대로 도움을 구하는 자를 물리칠 수는 없는 일입니다. 어서 들어오십시오. 내일을 위해 먹을 것도 조금 남겨두었으니 반은 잡수셔도 됩니다. 그리고 오늘 밤 저는 제 아내와 같은 침대를 쓰고, 당신은 제 침대를 쓰도록 하십시오."

이윽고 세 사람이 잠자리에 들자마자 마을 사람이 문을 두드렸다. 급한 환자가 생겼다며 랍비에게 빨리 와달라고 청했다. 수사는 랍비의 아내와 단둘이 남게 되었다. 두 사람은 묘

한 기분에 빠져 서로 잠을 이루지 못하고 몸을 뒤척였다. 마침내 갑자기 수사가 벌떡 일어나 앉으며 물었다.

"저, 지금 괜찮겠습니까?"

그러자 랍비의 아내는 작은 소리로 부끄러운 듯이 대답했다.

"네, 뜻이 그렇다면 주인이 들어오기 전에 서둘러주세요."

수사는 부엌으로 뛰어들어 서둘러 음식을 먹기 시작했다.

순결

어떤 사나이가 한 아가씨에게 깊은 사랑에 빠졌다. 그러던 사나이는 결국 상사병이 들었다. 의사에게 보이자, "이것은 당신의 생각이 이루어지지 않아서 병이 난 것이니 그 여성과 성적인 교섭을 가지면 틀림없이 나을 것이오" 하고 말했다.

그래서 사나이는 랍비에게로 가서 의사가 그렇게 말했는데, 어떻게 하면 좋은가를 의논했다. 랍비는 절대 그와 같은 야다(성관계)를 가져서는 안 된다고 말했다.

그러면 그 여자의 알몸을 보면 울적한 마음이 풀려 병이 나을 것 같다고 말하자, 랍비는 그것도 역시 안 된다고 말했다. 그렇다면 그와 그녀를 울타리 사이로 만나게 하여 서로 이야기를 나누게 해주면 어떠냐고 묻자, 랍비는 그것도 안 된다고 말했다.

물론 탈무드 가운데서는 이 여성이 결혼했는지 독신자였는지는 명시되어 있지 않다. 그러나 그 당사자나 다른 사람 모두가 랍비에게 왜 당신은 모든 일에 강력하게 반대만 하느냐고 말하자, "인간은 순결을 지키는 것이 중요하기 때문이오, 만약 사람마다 서로 금방 좋아한다고 해서, 이내 성관계를 갖는다면 이 사회의 규율은 지켜지지 않습니다"라고 말했다.

성(性)

성 교섭은 올바르고 깨끗하게 행하면 즐거움이다. 성적 교섭에서 추하다는 말을 쓰는 일이 있어서는 안 된다.

〈모든 교사는 아내를 가지지 않으면 안 되며, 모든 랍비는 결혼한 사람이어야 한다〉라는 말이 탈무드에 있는데, 이것은 독신자는 인간이 아니라는 사상이 있기 때문이다.

• 탈무드에서 성(性)을 생명의 강이라고 부르고 있다. 강은 넘쳐서 홍수를 이루고 여러 가지 것을 파괴하는 일도 있으나 땅을 풍성하게 하고 여러 가지 열매를 맺게 하는, 이 세상에서 제일 필요 불가결한 것이기 때문이다.

• 남자의 성적 흥분은 시각(視覺)을 통하여 얻어지고, 여

성은 피부 감각에 의해서 성적으로 흥분한다. 탈무드에서는 남자에게, 〈여자와 닿을 때는 주의하라!〉 했고 여자에 대해서는, 〈옷을 입는 법에 주의하라!〉라고 가르치고 있다.

• 계율이 엄한 유대인 사회에서는 상인이 거스름돈을 줄 때도 여성에 대해서는 절대로 손으로 직접 건네주지 않는다. 반드시 어딘가에 두어서 가져가게 한다. 또 계율을 중히 여기는 이스라엘의 여성은 미니스커트를 절대로 입지 않는다. 긴 소매에 긴 스커트의 옷을 입고 있다.

• 랍비는 남자가 흥분이 절정에 다다를 때와 여자가 흥분할 때와의 사이에 시간적인 차이가 있음을 알고 있다. 여성이 흥분하기 전에 남자는 끝낼 수가 있다. 아내의 동의 없이 아내를 끌어안는 것은 강간과 똑같으므로 남편이 아내와 일을 시작할 때에는 매번 설득할 필요가 있다. 상냥하게 말을 걸고 부드럽게 애무할 시간을 충분히 갖도록 해야 한다.

• 월경(月經) 때에는 아내를 품어서는 안 된다. 월경 후에도 7일간은 금해져 있다. 부부라 하더라도 12, 13일간은 절

대로 손을 댈 수가 없으므로, 그동안에 남편이 아내에 대한 그리움이 깊어져 계율의 날짜가 끝났을 때는, 부부는 언제나 신혼과 같은 관계를 되풀이할 수가 있다.

• 결혼한 여자가 다른 남자와 절대로 잠자리를 같이해서는 안 된다. 그러나 남자는 허용된다.

탈무드 시대에는 남자는 두 사람 이상의 아내를 갖는 것이 허용되고 있었지만, 일부일처제가 확립되고서부터는 아무도 여러 명의 아내를 갖지 않게 되었다. 아내 이외의 여자를 갖는 것은 성실성이 모자란 남편이라는 개념이 생겼다.

• 탈무드 가운데서는 매춘부를 사는 이야기가 몇 군데 있다. 자위행위보다는 매춘부에게로 가는 쪽이 낫다. 아내가 계속 거부할 때에는 결혼한 남자가 그러한 곳에 가는 것도 부득이하다고 생각되고 있다. 그러나 유대의 매춘부는 돈 때문에 몸을 팔면 천한 여자라 생각하고 있다. 유대인 사회는 학문을 중히 여기고 계율을 중히 여기며, 종교를 중히 여겼기 때문에 매춘부가 번성할 만한 요소는 그만큼 적었다.

* 당시의 랍비는 피임법에 대해서 정통(精通)하였다. 때문에 어떻게 피임을 하면 좋은가는 모두 랍비가 지도하고 있었다. 더구나 이것은 여자만이 행하였다.

탈무드에서는 피임하여도 좋은 세 가지 경우가 있다. 임신한 여자, 어린아이들을 키우고 있는 여자, 소녀이다.

임부(姙婦)를 이 속에 포함시킨 것은 당시 랍비의 지식으로는 임신한 동안에도 또다시 임신할 수도 있지 않을까 하고 생각되었기 때문이다. 아이들을 키우고 있는 여자는 네 살까지는 태어난 아이를 보살펴 주는 것이 당연하다고 해서 4년간은 아이를 낳는 것을 장려하지 않았다.

어린 소녀의 경우는 약혼이나 결혼을 했더라도, 어리기 때문에 몸에 해롭다고 생각되었다. 기근(飢饉)일 때도, 민족적인 위기일 때도, 유행병이 퍼지고 있을 때도 역시 여성이 피임하는 것은 장려되었다.